Erich Rackwitz

GEHEIMNIS UM VINETA

ERICH RACKWITZ

GEHEIMNIS UM VINETA

Legende und Wirklichkeit

einer versunkenen Stadt

Illustrationen von Jörg Rößler

DER KINDERBUCHVERLAG BERLIN

ISBN 3-358-00285-3

I
DAMEROW UND DIE VINETASAGEN

Wie Damerow im Meer verschwand

Das Land ist schmal hier, so schmal, daß der Riese Gulliver, wäre er je zur Insel Usedom gekommen, mit dem einen Bein im schilfigen Achterwasser, mit dem anderen am Ostseestrand hätte stehen können.

In dieser Spanne eines Riesenschrittes liegt hier der Strand, die mit kargen Gräsern bewachsene Düne, die Straße, die die Küstenorte miteinander verbindet, sowie eine sumpfige, vom Schilfgürtel des Achterwassers begrenzte Wiese.

Inmitten der Wiese steht auf einer kleinen Erderhöhung einsam und verloren ein Häuschen. Seine windschiefen Dachluken schauen unter der sturmzersausten Strohkappe so traurig hilflos in die Weite wie ein Kind, dem die Spielgefährten davongelaufen sind. Ähnlich ist es auch. Hier befand sich einmal das Dorf Damerow. Seine Bewohner waren arme Fischer, denn mit ihren kleinen Booten und dem dürftigen Fanggerät konnten sie es nicht wagen, aufs offene Meer hinauszufahren. Wie selten aber verirrte sich ein Schwarm guter Fische ins flache Strandgewässer.

Seit eh und je hatten die Fischer von Damerow einen unbarmherzigen Kampf mit der Natur zu bestehen. Immer wenn der Nordost besonders gewaltige Wasserberge gegen die Küste trieb, war große Not auf dem »Schmalen Lande«. Und in das markerschütternde Heulen des Sturmes mischte sich das unheilkündende Klagen des Alarmhorns. Dann hasteten die Leute von Damerow zur Düne und verstärkten in fieberhafter Eile die besonders gefährdeten Stellen des Dammes mit Sandsäcken und Strauchzeug.

So gelang es ihnen manchmal, ihre Hütten und ihren Besitz vor der andrängenden Wasserflut zu schützen. Doch wenn der Nordost zum Orkan anschwoll, dann war alle Mühe vergebens. Die entfesselten Wogen überrannten den Dünenkopf, rissen breite Breschen in den Damm, und die Flut ergoß sich ungehindert über das schmale Hinterland bis ins Achterwasser. Oft blieb der Hausboden die einzige Zuflucht für Mann und Frau und Kinder.

Wer nach einer solchen bangen Nacht noch den Morgen heraufdämmern sah, dem bot sich ein trostloses Bild. Alles hatte die See hinweggerissen, das Vieh, den Hausrat und selbst den Ackerboden. Es blieben nur das nackte Leben und die kahlen wandlosen Pfosten des Hauses.

Die Geschichte dieses Landstriches weiß zu erzählen, daß Damerow seit alters immer wieder von Sturmfluten betroffen wurde. Jedesmal wurde ein Stück des Landes mit ins Meer gerissen, so daß die Ackerkrume schließlich kostbar wurde wie Gold. Was half es, daß sich die Fischer von Damerow mit all ihrer Beharrlichkeit und mit unermüdlichem Fleiß gegen ihr Schicksal stemmten. Allein konnten sie ihr Land nicht schützen. Die Obrigkeit aber war nur darauf bedacht, Zins und Steuer einzutreiben.

So geschah es, daß die Leute von Damerow sich eines Tages ihrem Schicksal ergaben. Durch Sturmfluten im November 1872 und im Februar 1874 wurde das Dorf vollständig zerstört. Die Einwohner ließen die Trümmer ihrer Wohnstätten zurück und zogen mit dem Rest ihrer Habe nach Koserow und anderen nahe gelegenen Gemeinden. Silvester 1904 zerriß die Insel Usedom bei Damerow durch eine Sturmflut sogar in zwei Teile.

Das alles liegt nun kaum einhundert Jahre zurück. Einige alte Menschen haben aus ihrer frühesten Jugend noch Erinnerungen an die letzten schicksalhaften Tage von Damerow. Noch ist es üblich, den Namen des Ortes auf Karten zu vermerken, noch steht das letzte einsame Häuschen mit den traurig dreinschauenden Dachlukenaugen. Aber auch wenn die letzten Spuren von Damerow getilgt und verfallen sind, wird das Geschehen dieser grausigen Sturmnächte fortleben in den Erzählungen der Enkel und Urenkel. Und da jeder die Geschichte von Damerow sicher ein klein wenig anders erzählen und durch neue phantasievolle Züge beleben wird, kann auf diese Weise auch in unseren Zeiten eine Sage entstehen.

In der Geschichte gibt es viele Beispiele dafür, daß Dörfer, Städte, ja große Landstriche durch die Gewalt mächtiger Sturmfluten für immer ins Meer gerissen wurden. An unserer Ostseeküste war es vor allem die Insel Usedom, die den andrängenden Wassermassen ihren Tribut zollen mußte. Sie erlitt im Verlaufe vieler Jahrhunderte erhebliche Landeinbußen.

Viele schöne Sagen erzählen davon, daß auch die versunkene Stadt Vineta in dem Raume angesiedelt war, in dem einst Damerow lag. Es spricht alles dafür, daß diesen Sagen historische Geschehnisse zugrunde liegen. Tatsächlich existierte im Gebiet der Odermündung bis vor etwa neunhundert Jahren eine große Handelsstadt, die von ihren wendischen Bewohnern Jumne genannt wurde. Erst später änderte sich dieser Name in Vineta. Die Geschichtsschreibung gibt nur spärlich Auskunft über Jumne. Soviel ist jedoch gewiß, daß die Stadt ein bedeutender Warenumschlagplatz war. Ihre Verbindungen reichten bis nach Südeuropa und Arabien, wie zahlreiche Funde arabischer Münzen beweisen, die aus jener Zeit stammen.

Drei Vinetasagen mögen hier stellvertretend für viele andere folgen. Sie wurden aufgeschrieben von Ludwig Bechstein, Alfred Haas und Karl Thieme.

Vineta

Bei der Insel Usedom ist eine Stelle im Meer, eine halbe Meile von der Stadt gleichen Namens entfernt, da soll eine große, reiche und schöne Stadt versunken sein, die Vineta hieß. Sie war zu ihrer Zeit eine der größten Städte Europas, der Mittelpunkt des Welthandels zwischen den germanischen Völkern des Südens und Westens und den slawischen Völkern des Ostens. Überaus großer Reichtum herrschte da. Die Stadttore waren von Erz und reich an kunstvoller Bildnerei; alles Geschirr war von Silber, alles Tischgerät von Gold. Schließlich aber zerstörten bürgerliche Uneinigkeit und der Einwohner ungezügeltes Leben die Blüte der Stadt Vineta, die an Pracht und Glanz und der Lage nach das Venedig des Nordens war. Das Meer erhob sich, und die Stadt versank.

Bei Meeresstille sehen die Schiffer tief unten im Grund die Gassen, die Häuser eines Teiles der Stadt in schönster Ordnung. Der Rest Vinetas, der sich hier zeigt, ist immer noch so groß wie die Stadt Lübeck.

Es geht die Sage, daß Vineta drei Monate, drei Wochen und drei Tage vor seinem Untergang als ein Luftgebilde erschienen sei mit allen Türmen, Palästen und Mauern. Kundige Alte sollen den Einwohnern geraten haben, die Stadt zu verlassen; denn wenn Städte, Schiffe oder Menschen doppelt zu sehen seien, bedeute das sichern Untergang und das bevorstehende Ende. Jene Alten sollen aber verlacht worden sein.

An Sonntagen bei recht stiller See hört man heute noch über Vineta die Glocken mit einem trauervoll summenden Ton aus der Meerestiefe heraufklingen.

Die Stadt auf dem Meeresgrund

An der Nordküste der Insel Usedom soll vor vielen, vielen Jahren eine große, reiche Handelsstadt mit Namen Vineta oder Venedig gelegen haben. Gewöhnlich wird erzählt, sie habe seewärts vor dem Streckelberg, und zwar an der Stelle gelegen, wo sich jetzt das sogenannte Vinetariff befindet. Die Stadt Vineta soll zur Zeit ihrer Blüte so reich und schön gewesen sein, daß sie im ganzen Küstengebiet der Ost- und Nordsee nicht ihresgleichen hatte. Die Häuser, in welchen die Leute wohnten, glichen kleinen Palästen: sie waren aus Marmor erbaut und mit vergoldeten Zinnen geschmückt. In dem Hafen befanden sich Hunderte von Schiffen, welche bis nach Archangelsk und Konstantinopel fuhren. Auch weilten viele fremde Kaufleute in der Stadt, um hier Waren zu kaufen oder zu verkaufen. Aber je reicher und wohlhabender die Einwohner von Vineta wurden, desto mehr fanden Stolz, Übermut, Gottlosigkeit und allerlei unheiliges Wesen bei ihnen Eingang. Zu den Mahlzeiten nahmen sie nur die auserlesensten Speisen, und den Wein tranken sie aus silbernen und goldenen Gefäßen, wie sie selbst in den Gotteshäusern nicht schöner und prächtiger zu finden waren. Die Hufe der Pferde waren statt mit Eisen vielmehr mit Silber oder gar mit Gold beschlagen. Das Brot, die herrliche Gottesgabe, mißbrauchten die Frauen in schamloser Weise, indem sie die kleinen Kinder damit reinigten. Und wie die Großen, so trieben es auch die Kleinen. Die Kügelchen, mit welchen die Kinder auf der Straße spielten, bestanden aus reinem Silber, und wenn sie über eine Wasserfläche »Butterbrot werfen« wollten, so benutzten sie dazu nichts anderes als blanke Taler.

Aber solcher Übermut sollte nicht ungestraft bleiben. In einer stürmischen Novembernacht brach das göttliche Strafgericht unvermutet über die Stadt und ihre gottlosen Bewohner herein: eine furchtbare Sturmflut wälzte ihre Wogen über die Stadt und über das Land hinweg und begrub alle Häuser und alle Menschen unter ihren Fluten; kein einziger Bewohner von Vineta entrann dem Verderben. So wurde die reiche Stadt mit all ihrer Pracht und Herrlichkeit in wenigen Stunden vernichtet.

Die Trümmer der ehemaligen Stadt ruhen noch heutigen Tages auf dem Grunde des Meeres, und wenn man bei stillem, ruhigem Wetter und bei klarem Wasser über die Stätte der untergegangenen Stadt hinwegfährt, so

kann man die Fundamente der Häuser, die Straßenzüge und noch viele andere Reste der einstigen Stadt in der Tiefe wahrnehmen. Einmal im Jahr wird die auf dem Meeresgrunde ruhende Stadt auch über der Oberfläche des Wassers sichtbar, indem sie sich wie ein Schatten oder Nebelbild mit unbestimmten Umrissen zeigt; die Leute in den umliegenden Dörfern sagen dann: Vineta wafelt! An welchem Tage diese Erscheinung zu sehen ist, wird verschieden angegeben: die einen sagen, es wäre am Johannistag; die anderen meinen, Vineta zeige sich an demselben Jahrestage, an welchem es einst untergegangen sei, und das sei eben derselbe Tag, an welchem auch Cuxhaven durch eine Sturmflut zerstört worden sei.

Am Johannistage, mittags zwischen 11 und 12 Uhr, sollen auch die Glocken der versunkenen Stadt aus der Tiefe des Meeres heraufklingen, und manch einer will ihre Klänge schon vernommen haben. Das ist allerdings nicht ganz ungefährlich. Denn man sagt, daß der, der die Glocken von Vineta gehört hat, mit unwiderstehlicher Gewalt von der Meerestiefe angelockt wird, bis er selbst da unten ruht.

Die versunkene Stadt Vineta

Bei Koserow auf der Insel Usedom sieht man häufig bei stillem Wetter in der See die Trümmer einer alten, großen Stadt. Es hat dort die einst weltberühmte Stadt Vineta gelegen, die schon vor tausend und mehr Jahren wegen ihrer Laster ein schreckliches Ende genommen hat.

Diese Stadt ist größer gewesen als irgendeine andere Stadt in Europa, selbst als die große und schöne Stadt Konstantinopel, und es haben darin allerlei Völker gewohnt. Griechen, Slawen, Wenden, Sachsen und noch vielerlei andere Stämme. Die hatten allda jedes seine besondere Religion. Nur die Sachsen, welche Christen waren, durften ihr Christentum nicht öffentlich bekennen, denn nur die heidnischen Götzen genossen eine öffentliche Verehrung. Ungeachtet solcher Abgötterei waren die Bewohner Vinetas aber ehrbar und züchtig von Sitten, und in Gastfreundschaft und Höflichkeit gegen Fremde hatten sie ihresgleichen nicht.

Die Einwohner trieben einen überaus großen Handel. Ihre Läden waren angefüllt mit den seltensten und kostbarsten Waren, und es kamen jahraus, jahrein Schiffe und Kaufleute aus allen Gegenden und aus den entferntesten und entlegensten Enden der Welt dahin. Deshalb war denn auch in der Stadt ein über die Maßen großer Reichtum und das seltsamste und lustigste Leben, das man sich nur denken kann.

Die Bewohner Vinetas waren so reich, daß die Stadttore aus Erz und Glockengut, die Glocken aber aus Silber gemacht waren. Das Silber war überhaupt so gemein in der Stadt, daß man es zu den gewöhnlichsten Dingen gebrauchte und daß die Kinder auf den Straßen mit harten Talern sollen gespielt haben.

Es wird aus jener Zeit auch von einem alten Mütterchen erzählt, das eine absonderliche Henne hatte, welche jeden Tag ein goldenes Ei in das Nest legte. Ihre Nachbarn wußten das nicht, und darum wunderten sie sich sehr, woher das Mütterchen ihren großen Reichtum habe. Einst besuchte sie ein entfernter Verwandter, dem erzählte sie von dem Huhn.

»Oh«, sagte der, »daß mußt du noch schlauer anfangen. Jetzt erhältst du täglich nur ein Ei; befolge meinen Rat, und du hast davon Tag für Tag eine große Menge. Bringe unten in dem Hühnerkorb eine Klappe an. Wenn nun die Henne gelegt hat, so nimmst du ihr heimlich das Ei unter dem Leibe fort. Das Tier wird aufstehen und das Ei begackern wollen. Es findet nichts und legt flugs noch eins, bei dem du es dann wiederum so machst wie bei dem ersten. Auf diese Weise kannst du so viel Eier erlangen, wie du nur haben willst.«

Dieser Rat leuchtete dem alten Mütterchen ein, und da ihr großer Reichtum es ohnedies maßlos goldgierig gemacht hatte, so ging es sogleich an das Werk und verfertigte die Klappe. Als nun am andern Morgen das Huhn sich in den Korb gesetzt hatte und das Weib glaubte, jetzt sei das Goldei gelegt, so griff sie eilig durch die Klappe und fuhr dem Tiere unter den Leib. Aber sie erwischte kein Ei, sondern einen Zettel. Verwundert zog sie ihn heraus, und da standen auf ihm die Worte:

»Du suchst mich zu betrügen,
nun straf ich Dir das Lügen!«

Kaum hatte sie diese Verse zu Ende gelesen, da stürzte sie auf die Henne, um wenigstens diese zu retten. Aber das Huhn war verschwunden, und mit den goldenen Eiern ist es für immer zu Ende gewesen.

Auch von einem reichen Kaufmann wird erzählt, der viele Schiffe zur See hatte und viele Waren kaufte und verkaufte. Alles in seinem Hause sah so prächtig aus. Die Wände waren mit Tapeten beklebt, die Fußböden mit Teppichen belegt, und Herr und Frau gingen in lauter Samt und Seide. Im Stalle standen vier Füchse für die Kutsche und ein Schimmel zum Reiten. Dieser Schimmel war das schnellste Pferd in ganz Vineta, und Usedom — so hieß der Kaufmann — nannte ihn nur seinen lieben »Spring-in-den-Wind«.

Eines Tages ritt Usedom in einen Wald, um zu sehen, ob seine Waren, die er erwartete, noch nicht ankämen. Plötzlich sprangen sechs Räuber auf ihn zu, und hätte nicht der Schimmel durch seine Blitzesschnelle den Herrn gerettet, nimmer würde er Vineta wiedergesehen haben. Denn der eine Räuber hatte schon den Zaum des Pferdes ergriffen, und der andere hielt eine große Stange vor, über die aber der Schimmel wegsetzte.

Über und über war derselbe mit Schaum bedeckt, als er seinen Herrn nach Vineta zurückbrachte, und dieser nahm sich vor, ihn nie zu verkaufen und ihn nie zu verstoßen, sondern ihm täglich drei große Metzen Hafer zu geben, bis er stürbe. Doch allmählich vergaß es Usedom, daß er dem Schimmel sein Leben verdankte, und gab ihm nur noch zwei kleine Metzen Hafer. Der Schimmel hatte sich nämlich an dem erwähnten Tage zu sehr erhitzt, war steif, lahm und endlich auch blind. Sein Herr mochte nun nicht mehr auf ihm reiten und kaufte sich ein anderes Pferd.

Weil aber der Schimmel noch gar nicht alt war, so lebte er nach jenem Ritt noch viele Jahre. Da gab ihm der Herr zuletzt nur eine Metze Hafer des Tages, und da ihm auch dieses zuviel schien und kein Mensch etwas für den Schimmel geben mochte, befahl er seinem Knechte, den Schimmel wegzujagen. Der nahm einen Prügel, weil das Pferd nicht weichen wollte, und trieb es aus dem Stalle.

Da blieb es sieben Stunden am Tore stehen mit niedergebeugtem Kopf und spitzte seine Ohren, wenn etwas im Hause sich regte. Die Nacht schlief es daselbst auf den harten Steinen, obgleich es kalt war und schneite. Endlich trieb der Hunger das Tier wegzugehen; aber weil es blind war, so stieß es überall an. Mit seiner Nase roch es links und rechts, ob nicht wo ein Hälmchen Stroh liege; doch fand es nur wenig.

Es war aber in Vineta ein Glockenhaus, das stand Tag und Nacht offen. Man hatte es gebaut, um Unrecht zu verhindern; denn wenn jemand meinte, es geschehe ihm Unrecht von einem anderen, so ging er hin ins Glockenhaus, faßte an den Glockenstrick und läutete. Sogleich kamen die Richter der Stadt zusammen und richteten.

Zufällig tappte auch der Schimmel in dieses Glockenhaus hinein, und da er mit seinen Lippen alles betastete und aus Hunger mit seinen Zähnen alles benagte, so fand er auch den Strick, faßte ihn mit den Zähnen und fing an zu läuten. Die Richter kamen und sahen den Schimmel als Kläger. Da sie wohl wußten, wie große Dienste der Schimmel seinem Herrn getan hatte, so ging ihnen die Sache zu Herzen. Sie ließen Usedom herbeirufen, der sich nicht wenig wunderte, als er seinen Schimmel an der Klageglocke sah. Er wollte sich wegen seiner Hartherzigkeit rechtfertigen; allein die Richter fällten folgendes Urteil:

»Die Rügeglocke hat getönt,
der Kläger stehet hier;
durch nichts wird Eure Tat beschönt,
und so gebieten wir,
daß Ihr sogleich das treue Pferd
in Euren Hausstall führt
und bis ans Ende pflegt und nährt,
wie's Euch als Christ gebührt!«

So mußte der Kaufmann den Schimmel wieder zu sich nehmen. Es ward auch ein Mann gesetzt, der bisweilen nachsah, ob der Schimmel keine Not litt. An dem Glockenhause bildete man aber zum Andenken die ganze Geschichte in Stein ab.

Der Reichtum und das abgöttische Wesen der Heiden brachten aber am Ende die schöne und große Stadt ins Verderben. Denn nachdem sie den höchsten Gipfel ihres Glanzes und ihres Reichtums erreicht hatte, gerieten ihre Einwohner in große bürgerliche Uneinigkeit. Jedes von den verschiedenen Völkern wollte vor den andern den Vorzug haben, worüber heftige Kämpfe entstanden. Die einen riefen die Schweden und die anderen die Dänen zu Hilfe, die auf solchen Aufruf, um gute Beute zu machen, schleunigst aufbrachen und die mächtige Stadt Vineta bis auf den Grund zerstörten und ihre Reichtümer mit sich nahmen. Dieses soll geschehen sein zu den Zeiten des großen Kaisers Karl.

Andere sagen, die Stadt sei nicht von den Feinden erobert und zerstört, sondern auf andere Weise untergegangen. Denn nachdem die Einwohner so überaus reich geworden waren, verfielen sie in die größte Verschwendung und Üppigkeit. So beschlugen sie selbst die Hufe der Pferde mit silbernen Hufeisen, und ihre Kirchenglocken waren aus rotem Golde; die kleinen Kinder wischten sie mit Semmeln aus feinstem Mehle ab. Ja, es wird erzählt, daß sie die Löcher in den Mauern der Häuser mit dem lieben Brot verstopften und die Schweine aus goldenen Trögen fressen ließen.

Da wurde es Gott des Frevels zuviel. An einem heißen Julitage wurde plötzlich der Himmel rabenschwarz. Ein gewaltiges Gewitter sandte seine Blitze und Wasserströme auf die Stadt; die Erde verschlang die prächtigsten Paläste, und das tobende Meer brauste schrecklich über die Straßen dahin. So fand die Stadt mit all ihrem Reichtum und mit all ihren Bewohnern ein jähes Ende. Nur ein einzelner Mann soll sich auf einem schnellen Pferde nach Koserow gerettet haben. Kaum war er dort, so brach das Pferd unter ihm zusammen. Zum Andenken an den schrecklichen Tag ließ er ein großes Kreuz anfertigen, das heute noch dort in der Kirche hängt.

Darauf kamen die Schweden von Gotland her mit vielen Schiffen und holten fort, was sie von den Reichtümern der Stadt aus dem Meere herausfischen konnten. Sie bargen eine Unmasse von Gold, Silber, Erz und Zinn und von dem herrlichsten Marmor. Auch die ehernen Stadttore fanden sie ganz; sie nahmen sie mit nach Wisby auf Gotland, wohin sich von nun an der Handel Vinetas zog.

Die Stelle, wo die Stadt gestanden hat, kann man noch heutigen Tages sehen. Wenn man nämlich von Wolgast über die Peene auf die Insel Usedom ziehen will und gegen das Dorf Damerow, zwei Meilen von Wolgast, gelangt, so erblickt man bei stiller See bis tief, wohl eine Viertelmeile in das Wasser hinein eine Menge großer Steine, marmorne Säulen und Fundamente. Das sind die Trümmer der versunkenen Stadt Vineta. Sie liegen in der Länge, von Morgen nach Abend. Die ehemaligen Straßen und Gassen sind mit kleinen Kieselsteinen ausgelegt. Größere Steine zeigen an, wo die Ecken der Straße gewesen und die Fundamente der Häuser gestanden haben. Einige davon sind so groß und hoch, daß sie ellenhoch aus dem Wasser hervorragen; allda haben die Tempel und Rathäuser gestanden. Andere liegen noch ganz in der Ordnung, wie man Grundsteine zu Gebäuden zu legen pflegt, so daß noch neue Häuser haben erbaut werden sollen, als die Stadt vom Wasser verschlungen worden ist.

Wie weit die Stadt der Länge nach sich in das Meer hinein erstreckt hat, kann man nicht mehr sehen, weil der Grund abschüssig ist, das Steinpflaster daher je weiter, desto tiefer in das Meer hineingeht, auch zuletzt

so übermoost und mit Sand bedeckt ist, daß man es bis zu seinem Ende hin nicht verfolgen kann. Die Breite der Stadt ist aber größer als die von Stralsund und Rostock und ungefähr wie die von Lübeck.

In der versunkenen Stadt ist noch immer ein wundersames Leben. Wenn das Wasser ganz still ist, so sieht man unten im Grunde des Meeres in den Trümmern ganz wunderbare Bilder. Große seltsame Gestalten in langen faltigen Kleidern wandeln dann in den Straßen auf und ab. Oft sitzen sie auch in goldenen Wagen oder auf großen schwarzen Pferden. Manchmal gehen sie fröhlich und geschäftig einher; manchmal bewegen sie sich in langsamen Trauerzügen, und man sieht dann, wie sie einen Sarg zu Grabe geleiten.

Die silbernen Glocken der Stadt kann man noch jeden Abend, wenn kein Sturm auf der See ist, hören, wie sie tief unter den Wellen die Vesper läuten. Und alle hundert Jahre am Ostermorgen, denn vom Stillen Freitag bis zum Ostermorgen soll der Untergang von Vineta gedauert haben, kann man die ganze Stadt eine Stunde lang sehen, wie sie früher gewesen ist. Sie steigt dann, als ein warnendes Schattenbild zur Strafe für ihre Abgötterei und Üppigkeit, mit allen ihren Häusern, Kirchen, Toren, Brücken und Trümmern aus dem Wasser hervor, und man sieht sie deutlich über den Wellen.

Aber nur der sieht sie, der an einem Johannissonntag geboren ist. Da hütete einst ein Schäferjunge seine Schafe am Strande bei Koserow, und als er sich umblickte — es war gerade Ostermorgen — lag die schöne Stadt Vineta in all ihrer Pracht vor ihm. Neugierig lief er an das Stadttor hin, wo bärtige Männer mit eisernen Spießen und Armbrüsten Wache hielten. Sie ließen ihn hineinlaufen in die Straßen, wo Tausende von Kaufleuten vor ihren Häusern saßen und ihre Waren feilboten.

Was war da alles zu verkaufen! Goldene und silberne Schalen, prächtige Seidenstoffe, purpurfarbige Tuche, die schönsten Waffen und Schmucksachen, alles, was das Herz begehrt. Die Kaufleute winkten den Jungen heran und wollten ihm alles für einen einzigen roten Pfennig geben. Aber vergebens suchte er in allen seinen Taschen; er fand keinen Pfennig, und den Kaufleuten standen die Tränen in den Augen.

Plötzlich schlug die Uhr — und er stand wieder ganz allein am Strande. Die ganze Stadt war verschwunden. Hätte er nur ein einziges Stück kaufen können für einen einzigen Pfennig, dann wäre sie auf der Erde geblieben, denn er war ein Johannissonntagskind. Nun müssen die armen Leute wieder hundert Jahre warten!

Bei Nacht oder stürmischem Wetter darf kein Mensch und kein Schiff sich den Trümmern der alten Stadt nähern. Ohne Gnade wird das Schiff an die Felsen geworfen, an denen es rettungslos zerschellt, und keiner, der darin gewesen, kann aus den Wellen sein Leben retten.

Nachdem Vineta zugrunde gegangen war, zog sich der Handel dieser Stadt teils nach Wisby in Gotland, teils nach Julin auf der Insel Wollin, so daß dieses Julin nun die größte und reichste Stadt in Europa wurde.

Lange Zeit waren die Sitten der Juliner gut und anständig. Auf die Länge aber wurden sie üppig und schwelgerisch, und einzelne Bewohner wollten eine Tyrannei über die andern ausüben. Wegen solcher Greuel, Laster und Abgötterei wurde die Stadt zum öfteren durch den Zorn Gottes von Blitz und Donner jämmerlich geplagt. Aber das half zu ihrer Bekehrung nicht. Da wanderte ein Teil aus, und unter den Zurückgebliebenen entstand hernach Aufruhr und Zerstreuung, bis zuletzt der dänische König Waldemar die Stadt eroberte und sie bis auf den Grund zerstörte.

Bei Julin liegt der Silberberg, in dem ein großer Schatz begraben ist. Den wird der heben, welcher nachts um zwölf Uhr ein schwarzes Huhn, einen schwarzen Bock und eine schwarze Katze stillschweigend dort opfert. Aber bis jetzt sind noch alle, die es versucht haben, dabei gestört worden, so daß sie ein Wort sprachen, und dann hat man keine Macht mehr über den Schatz.

Oft kommen auch fremde Schatzgräber hierher, um die schwere goldene Kette zu suchen, die einst der Rat der Stadt Julin als Lösegeld für einen gefangenen dänischen König anfertigen ließ. Aber bis jetzt hat sie keiner gefunden.

Sagen und Fragen

So verschiedenartig sich die Vineta-Sage in der Dichtung auch widerspiegeln mag, einige Motive sind allen Fassungen gemeinsam: Stets wird Vineta als eine Handelsstadt geschildert, die große Bedeutung für den europäischen Warenaustausch hatte. Die Bürger gelangten zu großem Reichtum, verfielen in Müßiggang und Verschwendungssucht, bis sie mitsamt ihrer Stadt durch eine Sturmflut untergingen. Einmal im Jahre, am Johannistag oder an einem schönen stillen Sonntag, taucht Vineta mit allem, was darin lebte, auf, um erlöst zu werden.

Die Existenz eines großen Handelsplatzes an der pommerschen Ostseeküste, der einst Jumne genannt wurde, ist von der Wissenschaft unbestritten.

Um das Jahr 1000 erlebte die Stadt ihre größte Blüte. Wie waren die politischen Machtverhältnisse zu dieser Zeit? Kann Jumne durch Kriegsereignisse zerstört worden sein? Oder war es tatsächlich eine Sturmflut, die den Untergang des Handelsplatzes verursachte? Was geschah mit den Bewohnern, sind sie alle ertrunken oder erschlagen worden? Wo hat Jumne einst gelegen?

Noch wurde kein Stein geborgen, kein Überrest, der uns darauf eine befriedigende Auskunft geben könnte. Wie kommt es, daß die Sage von Vineta spricht und den wahren Namen des Gemeinwesens nicht kennt? Lauter Fragen, die uns veranlassen, in alten Quellen zu forschen.

Die Geschichtsschreibung war im 10. und 11. Jahrhundert noch wenig entwickelt. Wichtige Zeitereignisse wurden vor allem bei den nordischen Völkern noch von Mund zu Mund weitererzählt. Erst als die lateinische Schrift dort eingeführt worden war, wurden sie — etwa im 12. Jahrhundert — niedergeschrieben. In diesen Erzählungen — von den Dänen, Schweden und Norwegern wurden sie Sagas genannt — sind historische Ereignisse zwar mit dichterischer Freiheit wiedergegeben, trotzdem ist es möglich, die Ergebnisse der Geschichtsforschung durch sie zu ergänzen und bildhaft zu machen.

Um das Jahr 950 hatten dänische Wikinger unweit von Jumne zum Schutze der Stadt eine Seefeste errichtet, die Jomsburg. Dieses Ereignis wird uns in mehreren Sagas überliefert. Insbesondere kann uns die Erzählung von den Jomswikingern ein anschauliches Bild von den Taten und dem Treiben der dänischen Wikinger vermitteln, die die Geschichte Pommerns mitbestimmten, als Jumne noch die bedeutende Hafenstadt an der Ostseeküste war. Geschichten aus anderen Sagas und Ergebnisse der frühen Geschichtsschreibung ergänzen diese Erzählung.

Zuvor aber noch eins. Wer waren eigentlich die Wikinger? Was veranlaßte sie, mit ihren hochstevigen Schiffen weite Fahrten über das Meer zu unternehmen? Die skandinavischen Länder befanden sich im 10. und

11. Jahrhundert im langsamen Übergang von der frühfeudalen Epoche zum Feudalismus. Die bisher freien Bauern sollten unterjocht werden. In Westeuropa war dieser Prozeß mit Hilfe der Kirche zugunsten des Adels und der Könige, die eine zentrale Herrschaft anstrebten, bereits abgeschlossen. Die Wikingerzüge sind zu einem Teil sicher eine Folge der Macht- und Klassenkämpfe zwischen den freien Bauern und der Aristokratie und den zur Alleinherrschaft drängenden Königen in den nordischen Ländern. Manch Angehöriger der Aristokratie mußte auch dem siegreichen König weichen. Wollten die wohlhabenden Geschlechter ihre Selbständigkeit behaupten, mußten sie sich vielfach ein Betätigungsfeld außerhalb der Landesgrenzen suchen. Mit ihren außerordentlich seetüchtigen Booten unternahmen die Wikinger Raubzüge an allen europäischen Gestaden. Auf Flußläufen drangen sie brandschatzend ins Innere der Länder vor; ebenso schnell verschwanden sie wieder. Sie verheerten die Küstenbezirke Europas. Über die russischen Ströme, an deren Ufer sie zunächst Handelskolonien gründeten, gelangten sie bis vor die Tore des mächtigen Byzanz, das sie freilich nie erobern konnten.

In einer Zeit, in der die europäischen Völker kaum über die Grenzen ihrer engeren Heimat hinausblickten, durchkreuzten die seetüchtigen Wikingerschiffe bereits den Atlantik. Die Nordmänner besiedelten Island und das von ihnen entdeckte Grönland. Im Jahre 1000 erreichten sie von hier aus, lange vor Kolumbus, die Küste Nordamerikas und gründeten auch dort Niederlassungen, die jedoch im 14. Jahrhundert verfielen.

Hatten die Unternehmungen der Wikinger in der ersten Periode, etwa vom Jahre 800 an, den Charakter reiner Raubzüge, so betätigten sie sich danach immer stärker als Kolonisten und schließlich als Staatengründer. Das südwestliche Frankreich wurde einst von Normannen erobert und beherrscht und heißt heute noch Normandie.

Durch die Straße von Gibraltar drangen die Wikinger in das Mittelmeer ein und gründeten einen Staat auf Sizilien. Schließlich leitete Sven Gabelbart, der von 985 bis 1014 König der Dänen war, die Eroberung weiter Teile Mittelenglands ein.

Die während der Eroberungszüge gemachten Gefangenen wurden zum Teil auf den Heimatgütern der Wikinger als billige Arbeitskräfte verwendet. Auch das trug dazu bei, den Feudalisierungsprozeß in den skandinavischen Ländern zu verlangsamen. Denn die Bauern konnten sich so ihre

Unabhängigkeit gegenüber König und Adel lange bewahren. In abgelegenen Gegenden, in Island, haben sie diese nie aufgeben müssen.

Das ist der historische Hintergrund für das Leben und die Taten der Jomswikinger. Die jungen Bauernsöhne besaßen eigene Schiffe und Waffen. Sie folgten den Anführern freiwillig und gaben ihre Selbständigkeit nicht auf. Es sei denn, daß sie sich aus eigenem Entschluß an ein Gelübde banden, wie es im Bund der Jomswikinger erforderlich war. Freilich verfügten die Wikinger nicht nur über die heldischen Eigenschaften, die ihnen eine sagenhafte Verklärung zugesprochen hat. Auch sie waren nicht frei von Zaghaftigkeit, Furcht und Hinterlist.

Die Geschichte von den Jomswikingern wird hier nur insoweit nacherzählt, als sie, gestützt auf historische Fakten, ein Bild aus jener Zeit vermitteln kann, da Jumne-Vineta noch existierte.

II
JUMNE UND DIE JOMSWIKINGER

Wie die Jomsburg bei der Wendenstadt Jumne gegründet wurde

Es ist nun etwa eintausend Jahre her, da regierte in Dänemark der König Harald Blauzahn. Sein Vater, Gorm der Alte, hatte die Herrschaft der bis dahin selbständigen Stammesfürsten eingeschränkt und sich zum Ersten des Landes wählen lassen.

In dem Bestreben, seine Machtstellung zu festigen, versuchte der unternehmungslustige Harald, außerhalb seines Landes Erfolge zu erzielen. Er schickte den Kriegspfeil durch alle Gaue Dänemarks und nannte den Ort, an dem sich die Krieger mit ihren Schiffen versammeln sollten. Sodann querte er mit einer mächtigen Flotte die Ostsee mit Kurs auf das Wendenland. Dort angekommen, führte Harald Blauzahn die schildbewehrten Wikingerschiffe an der Nordwestspitze Usedoms vorbei in das Gebiet des Wendenfürsten Burislav. Der unerwartete Angriff der Nordmänner traf die Wenden völlig unvorbereitet, und Burislav mußte Harald um Frieden bitten.

Die Sundmähren der Wikinger lagen in einer Bucht vor Anker. Unweit des Mastenwaldes der Schiffe hatten die Dänen ihr Feldlager aufgeschlagen. Harald stand, nur mit dem Kurzschwert bewaffnet, vor seinem Zelt. Die Edlen seines Landes umgaben ihn. Da waren die Jarle Stutzharald von Seeland, Veseti von Bornholm, Aki, der in Fünen gebot, und nicht zuletzt der kluge Palnatoki, von den Freunden Pal genannt. Die Hälfte seines bisherigen Lebens hatte er auf unsteter Wikingfahrt zugebracht. Sein Wort wog in den dänischen Landen schwer, sein Schwert war an den Küsten Frieslands und Englands gefürchtet.

Harald schaute über die Ebene. Wodan hatte ihm einen leichten Sieg geschenkt, nun sollte er ihm Klugheit geben, damit er den Vorteil nutze. Er hatte es abgelehnt, die Verhandlung in der Burg des Burislav zu führen. Hier, im Bannkreis seiner schnellen Schiffe, fühlte er sich jeder List gewachsen. Der Schatten der Sonnenuhr rückte auf die Mittagsstunde. Über die Ebene zog eine Staubwolke heran, aus der sich näher kommend eine Schar Reiter löste.

Burislav, der mit kleinem Geleit dem Dänenlager zuritt, hatte keine List im Sinne. Die von der Westgrenze des Wendenlandes zu ihm gedrungenen

Nachrichten waren beunruhigend. Die Heere des deutschen Königs Otto I. hatten beträchtliche Teile des Grenzlandes unter ihre Herrschaft gebracht. Schon waren Brandenburg und Havelberg in Sprengel der christlichen Kirche verwandelt worden. Magdeburg und das Land ringsum befanden sich in höchster Gefahr.

Burislav war bereit, Opfer zu bringen. Er wollte versuchen, das Beste aus der Sache zu machen.

Auch Harald hatte alles überlegt. Er war zu dem Schluß gekommen, daß es tunlicher war, die Macht zu teilen, denn den Burislav vollends in die Knie zu zwingen.

So lag ein gutes Omen über dem, was nun geschehen sollte.

Burislav und die Seinen verneigten sich vor Harald, und auch dieser ließ erkennen, daß er die Wenden achte. Vor dem Königszelt war ein Teppich ausgebreitet. Hier ließen sich die Männer nieder. Es wurde Met gereicht, man trank sich gemessen zu.

Sodann sprach Harald. Wie dies üblich war, forderte er einen Tribut, doch sollte der so beschaffen sein, daß er die Unterlegenen nicht in Not brachte. Dann kam der König auf den Kern der Sache. Er wollte eine Feste im Wendenland errichten. Hier im Gau Jom, nahe dem Handelsplatz Jumne. Einen Hafen für viele Langschiffe sollte die Burg haben und mit vielen tapferen Wikingern besetzt sein. Seine Krieger sollten dafür feierlich verpflichtet werden, das Wendenland gegen Angriffe von der See zu verteidigen und den Seehandel von Jumne zu sichern. Alle Kauffahrer, die vom friesischen Dorestadt, von Haithabu in Schleswig oder von jenseits des Meeres aus dem schwedischen Birca kämen, um in Jumne zu ankern, sollten Schutz und, wenn es nottat, auch Geleit erhalten. Das Material aber für den Bau der Seefestung, ebenso Unterhalt und Kost für seine Krieger sollte die Stadt Jumne beschaffen. So sprach Harald.

Nun war es an Burislav, zu antworten. Er sagte, daß es ihm gut dünke, mit dem König der Dänen ein Schutzbündnis einzugehen, denn dem Wendenlande zwischen Oder und Elbe drohe Gefahr, und viele Slawenstämme seien bereits unter die Botmäßigkeit der Deutschen gefallen. Nicht mehr fern könne der Tag sein, an dem er alle seine Krieger zur Gegenwehr rufen müßte. So wäre es auch für ihn von Nutzen, das Meer von Seeräuberei frei und die Küste seines Landes vor Angriffen geschützt zu wissen.

Harald und Burislav wurden einig. An einem Ort, wo Wind und Wellen einen Landvorsprung gebildet hatten, der eine Bucht umschloß, sollte die Seefeste errichtet werden, und man wollte sie Jomsburg nennen.

Als Mannschaft für die Burg wurden nach strengem Maßstab aus der großen Zahl der Freiwilligen diejenigen ausgewählt, die sich im Schwerterkampf, Schild an Schild mit dem Gegner, als die Tapfersten erwiesen hatten.

Sodann mußte ein Befehlshaber bestimmt werden. Es sollte ein Mann sein, der großes Ansehen genoß und sich im Burgenbau auskannte. Das traf auf Palnatoki zu, der das Amt auch annahm. Im Wendenland verblieben so etwa zwanzig Langschiffe, deren jedes dreißig Mann Besatzung hatte.

Vom Bau der Burg und von Pals Gesetzen

Als einige Monate ins Land gegangen waren, hatte die Arbeit an der Burg schon gute Fortschritte gemacht. Der Hafen war gegen See durch Pfahlwerk geschützt, nur eine Einfahrt blieb offen. Über der Einfahrt war ein steinerner Torbogen angelegt, der durch eisenbewehrte Türen verschlossen werden konnte. Auf der Krone des Torbogens hatte man ein Bollwerk gebaut mit einem Turm in der Mitte, der mit Steinschleudern bestückt war.

Die Landseite wurde von einem pfahlbewehrten Erdwall umschlossen. Auch hier gab es ein befestigtes Tor, durch das man geradenwegs in das nahe gelegene Jumne gelangen konnte. Der Wall war ausladend genug, um hinreichend Platz für die Kriegsmannschaft zu bieten. In der Mitte des Burgraumes aber stand die Langhalle. Hier versammelten sich die Männer des Abends im Schein der flackernden Feuer, um Rat zu halten oder dem Skalden zu lauschen, der in schön gesetzten Versen die Heldentaten vergangener Geschlechter besang.

Um das Zusammenleben der Krieger in dieser Gemeinschaft zu regeln und das Ansehen der Jomswikinger zu mehren, erließ Pal Gesetze.

Als erstes sollte gelten, daß niemand in die Burggemeinschaft aufgenommen würde, der älter denn fünfzig und jünger denn achtzehn Jahre ist. Niemand sollte vor einem gleich streitbaren und gleich gerüsteten Manne fliehen. Auch sollte es als unehrenhaft gelten, zu verzagen oder Worte der

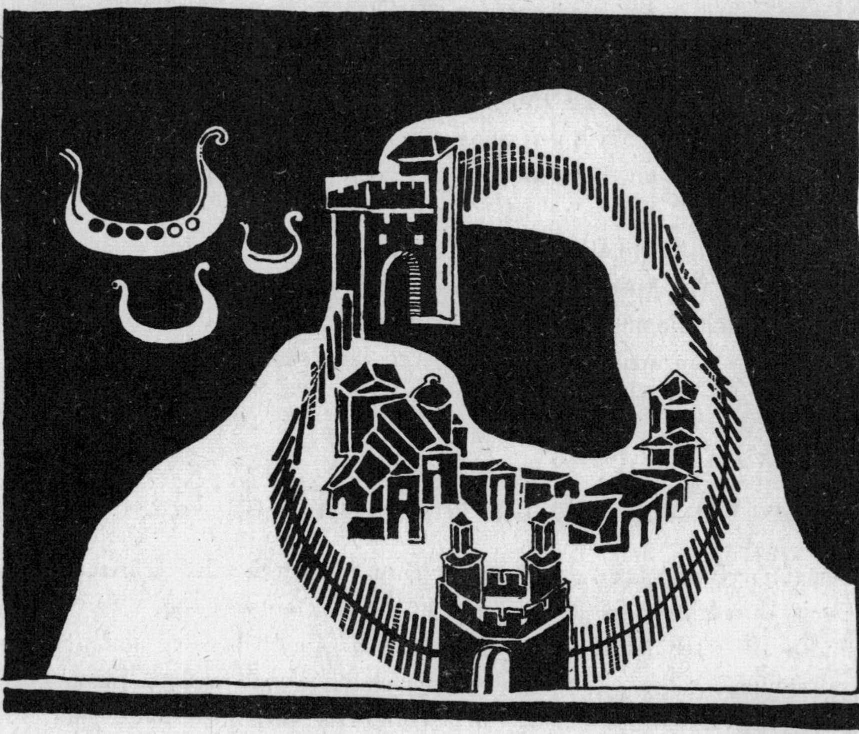

Furcht zu sprechen, so hoffnungslos die Lage auch sein mochte. Das auf den Heerfahrten erbeutete Gut sollte — gleich ob von minderem oder größerem Wert — zur Stange gebracht und ohne Ansehen der Person verteilt werden. Wer dies nicht achtete, verfiel dem Ausschluß. Nur Pal stand es zu, Neuigkeiten zu verkünden. Frauen sollten in der Burg nicht gelitten werden. Auch durfte niemand ohne besonderen Auftrag länger als drei Nächte außerhalb der Burg zubringen. Wenn Streit entstand, so war es einzig bei Palnatoki, den Streit zu schlichten.

Dies waren die wichtigsten Regeln. Die Jomswikinger gelobten, danach zu handeln, denn sie wußten wohl, daß strenge Disziplin vonnöten war, ihre ungestüme Art im Zaum zu halten.

Vom Aufstieg der Jomswikinger und Haralds Tod

Die Nachricht von dem Bau der Burg und der Gründung des Bundes hatte in den dänischen Landen große Begeisterung ausgelöst. Insbesondere unter der Jugend des Landes. Wie zu allen Zeiten wollte sie große Taten vollbringen. So lag es auf der Hand, daß die Jomsburg bald tüchtigen Zuzug erhalten sollte.

Einer der Jarle, die König Harald auf seinem wendischen Kriegszug begleitet hatten, war Stutzharald. Seine Söhne, Sigvald und Thorkel, erfuhren als erste, was sich im Wendenlande zugetragen hatte. Sie erbaten sich von ihrem Vater zwei Langschiffe und fuhren mit achtzig Gefährten nach Jomsburg. Sigvald und Thorkel sowie fünfzig ihrer Gefährten bewährten sich im Kampfspiel Mann gegen Mann und wurden in den Bund aufgenommen.

Auch die Söhne des Bornholmer Jarl Veseti, Bui und Sigurd, wünschten es, sich den Jomsburgern anzuschließen. Auch sie erhielten zwei Schiffe von ihrem Vater. In der Aufnahmeprüfung schlugen sie sich so gut, daß sie mitsamt achtzig ihrer Leute ebenfalls Mitglieder der Jomswikingergemeinschaft wurden.

Nun wäre noch von Vagn zu erzählen, einem Enkel Palnatokis. Obwohl erst zwölf Jahre alt, war er höchst ungebärdig und schwer zu lenken. Oft war er bereits in blutige Händel geraten, und sein Vater hatte das Sühnegeld bezahlen müssen. So war der Vater recht froh, als Vagn mit

dem für seine Jugend ungewöhnlichen Plan herausrückte, zu den Jomswikingern zu gehen.

Mit zwei Langschiffen und je fünfzig Mann Besatzung segelte Vagn nach Jomsburg.

Pal mußte befürchten, wegen der Jugend Vagns mit seinen eigenen Gesetzen in Konflikt zu kommen, und so dünkte es ihm am besten, den Hitzkopf wieder fortzuschicken. Doch Vagn blieb beharrlich; er verfiel auf die List, den Sigvald zu verhöhnen, bis diesem die Galle überlief.

Pal meinte, daß ein Zweikampf wohl ein vollwertiges Probestück wäre, doch bedang er sich aus, daß seinem Enkel kein Lebensleid geschehen dürfe.

Sigvald wählte eine gleich starke Mannschaft und fuhr dem Frechling voller Ingrimm entgegen. Sie wurden mit einem Steinhagel empfangen, daß es nur so auf Schilde und Brünnen niederprasselte. In Sigvalds Reihen entstanden Lücken, ehe der Kampf noch richtig begonnen hatte.

Als die Schiffe Bord an Bord lagen, teilten die Jomsburger zwar kräftige Hiebe aus, doch Sigvald zog es bald vor, an Land zu gehen, um sich mit Steinen zu versorgen.

Vagn und seine Leute blieben dem Gegner dicht auf den Fersen. Am Ufer kam es zu einem hitzigen Kampf, und keiner wollte den Gegner mehr schonen.

Schon sanken einige erschlagen in den Sand, andere zogen sich mit bösen Schmarren aus der Kampflinie zurück. Sigvald hieb mit aller Kraft auf Vagn ein. Doch Palnatoki hatte vom Turm aus das Kampfgetümmel verfolgt, und es dünkte ihm höchste Zeit, dem Geschehen ein Ende zu bereiten. Froh des Zurufes, ließen die Streitenden die Waffen sinken und wurden nun erst gewahr, daß sie die Spielregeln nicht eingehalten hatten. Dreißig Mann lagen in ihrem Blute.

Um Vagns Aufnahme gab es kein Gerede mehr. Er und alle seine Mannen blieben fortan in der Jomsburg.

König Harald hatte einen Sohn namens Sven, dem er wegen der geringen Herkunft seiner Mutter — die eine Dienstmagd Palnatokis war — die Anerkennung versagen wollte. Der Junge wurde am Hofe des Pal in Fünen aufgezogen. Für ihn war Sven ein Unterpfand, denn der Jomsburger stand mit dem König nicht mehr auf gutem Fuß. König Harald hatte sich nämlich zum Christentum bekannt, um mit dem deutschen Kaiser Otto endlich

Frieden zu haben. Dieser Schritt wurde von der Mehrheit der Dänen nicht gutgeheißen; sie hielten an den alten Göttern fest.

Als Sven achtzehn Jahre alt war, erhielt er viel Zulauf aus allen Teilen des Landes. Man wünschte, daß er endlich gegen seinen Vater, der viele Jahrzehnte regiert hatte, aufstehen möge, um König zu werden.

Doch Harald traf seine Vorkehrungen, er fuhr mit fünfzig Schiffen gegen Bornholm, wo er die Flotte seiner Gegner wußte. Es kam zu einem Gefecht, doch trotz großer Verluste auf beiden Seiten fiel keine Entscheidung. Als sich die Nacht senkte, ankerte Sven mit seinen Schiffen in einer Bucht. Der König nutzte den Vorteil und legte seine Schiffe davor, so daß Sven eingeschlossen war.

Es war eine kalte Herbstnacht. Regenfeuchter Sturm fegte über die ungeschützten Schiffe Haralds hinweg. Da ging der König mit einigen seiner Getreuen an Land, und sie bereiteten ihm in einer Waldsenke ein wärmendes Lagerfeuer.

In derselben Nacht erreichte Palnatoki mit vierundzwanzig Schiffen den Kampfplatz, um Sven beizustehen. Da Pal die Bucht belagert fand, ankerte er unbemerkt hinter einem hügeligen Landvorsprung. In der Hoffnung, etwas Jagdbares zu erlangen, nahm er Bogen und Pfeile und ging allein an Land.

Vorsichtig den Wald durchstreifend, entdeckte Pal das Feuer. Er schlich näher und sah zu seiner Verwunderung den König inmitten seiner Männer sitzen. Pal verharrte wie gebannt. Das Schicksal hatte ihm eine schwere Entscheidung in die Hand gelegt. Ein langer, opferreicher Bruderkrieg stand bevor, das war gewiß. Nun brauchte es nur einen Schuß, um die Dänen zu befrieden. Der Versuchung konnte Pal nicht widerstehen.

Er legte einen Pfeil auf die Sehne und schoß. Harald sank schwer getroffen ins Gras. Seine Begleiter waren verwirrt. Bekümmert brachten sie Harald aufs Schiff und fuhren mit ihm so schnell es ging nach Jumne.

Eingedenk des Paktes mit dem Wendenfürsten Burislav fand der König dort liebevolle Aufnahme. Seine Verletzung war aber so schwer, daß er wenige Tage danach starb. Der Leichnam wurde von seinen Gefolgsleuten nach Dänemark gebracht, wo König Harald in Roschild seine letzte Ruhe fand.

Palnatoki war nach der Tat zum Landeplatz seiner Boote zurückgeeilt und hatte einige seiner Krieger bestimmt, ihm zu folgen. Er wollte über die schmale Landzunge hinweg sogleich ins Lager des Sven, um Rat zu halten.

Sven Haraldson hatte keine gute Nacht gehabt. Nachdem die in der Schlacht Gefallenen bestattet und die Verwundeten gepflegt waren, hing die Sorge wie ein drohendes Breitschwert im Zeltdach.

Über dem nächsten Tag lag Ungewißheit. Er saß in der Falle, und noch hatte Odin keinen Gedanken geschickt, der ihm Hoffnung hätte geben können. Unverhofft stand Pal im Zelteingang. Jetzt würde er Rat und Zuspruch haben.

Pal hielt mit seiner schlimmen Nachricht zurück. Er machte den Vorschlag, die Schiffskette der Königlichen durch einen schnellen Anschlag noch vor Morgengrauen zu durchbrechen. Seine Mannschaft sollte gleichzeitig von der Seeseite Hilfe leisten. Sven war einverstanden. Ein Bote wurde ausgeschickt, Pals Schiffsmannschaften zu verständigen. Die Feuer wurden gelöscht und das Lager still und ohne Hast abgebaut.

Mit leisen Ruderschlägen setzte sich die Flotte in Bewegung. Bald zeichneten sich die Umrisse der gegnerischen Schiffe ab. Bei den Belagerern herrschte noch völlige Ruhe. Auf ein Zeichen griffen die Ruderer kräftig in die Riemen. Krachend bohrte sich der Rammsteven von Svens »Langem Wurm« in die Bordwand eines der Großschiffe, das augenblicklich zu sinken begann.

Das war das Signal für Pals Kriegsleute, die währenddessen unbemerkt Posten bezogen hatten. Sie überschütteten die Aufgeschreckten mit einem Schauer von Pfeilen. Svens Schiffe passierten die Lücke fast ohne Gegenwehr. Nun saßen die Königlichen in der Falle.

Als der Morgen kam, stieg einer von Haralds Leuten auf die Bordwand. Alle Augen richteten sich auf den Mann, der nun das Wort nahm. Er verkündete, daß König Harald schwer verwundet und in Sicherheit gebracht worden sei.

Trotz allem, was vorgegangen, waren Sven und seine Kriegsleute sehr betroffen über diese Nachricht. Palnatoki faßte sich als erster, denn er hatte sich alles gut überlegt. Er rief hinüber, daß nun zwischen zwei Dingen zu wählen sei: entweder den Kampf fortzusetzen oder den Sven als König anzunehmen.

Man einigte sich, Sven als König anzuerkennen, und beendete damit den Kampf.

Wie Sigvald Jarl der Jomsburg wurde

Die Kunde von König Haralds Tod verbreitete sich schnell im ganzen Lande. Wie dies üblich war, trat die große Volksversammlung zusammen, in der Sven Haraldson — der später den Beinamen Gabelbart erhielt — zum König der Dänen ausgerufen wurde.

Sven hatte inzwischen erfahren, wie sein Vater ums Leben gekommen war. Obwohl er seinen Pflegevater sehr verehrt hatte, konnte er ihm nicht verzeihen. Die Freundschaft bekam einen Riß, der nie mehr zu heilen war.

Palnatoki haderte mit sich und seinem Schicksal und beschloß, sich von allen öffentlichen Angelegenheiten zurückzuziehen. Er ließ einige Schiffe rüsten und fuhr zur Jomsburg. Hier hatte Sigvald, als sein Gewährsmann, inzwischen klug und umsichtig das Regiment geführt. Pal schickte sogleich eine Abordnung zum Fürsten Burislav und ließ ihn bitten, zur Beratung wichtiger Dinge nach Jumne zu kommen.

Burislav hatte seinen Machtbereich durch günstige Umstände erweitern können. Die im Elbgebiet ansässigen Wendenstämme der Obodriten und Lutizen hatten sich gegen den deutschen König Otto III. wieder mächtig zur Wehr gesetzt. Sie eroberten einige Zwingburgen der vom König eingesetzten Markgrafen zurück und nahmen ihre Wohngebiete diesseits der Elbe wieder unter ihre Herrschaft. Der Sorge um seine Westgrenze enthoben, setzte Burislav der Stammeszersplitterung im Polenland ein Ende. Alles Land von der Ostseeküste bis nach Krakau stand nunmehr unter seiner Botmäßigkeit.

Diese Situation gewährte den über die Land- und Wasserstraßen anreisenden Kaufleuten Sicherheit. Andererseits hatten die Jomsburger der Bedrohung des Seehandels durch Piraten ein Ende gesetzt.

Infolgedessen war der Handel in Jumne mächtig aufgeblüht. Von der Adria gelangten über Prag und Halle selbst arabische Waren hierher. Die Händler aus dem Süden brachten Seidenstoffe, kostbare Stickereien, Teppiche und edle Waffen; die Kaufleute Jumnes verhandelten, was die Schiffe aus den Ostseeländern unbehelligt anlandeten: Pelze aus Nowgorod und Schweden, Bernstein von der Samlandküste sowie Salz, das aus dem Friesischen über Haithabu kam. In Jumne breitete sich eine Wohlhabenheit aus, die die Reichen noch reicher werden ließ. Die Seeleute, Stauer und Lagerknechte aber hatten zumindest ihr karges Auskommen.

Über alles wachte der Kastellan, stets darauf bedacht, daß auch dem Fürsten sein Teil zufiel. Burislav sah keinen Grund, das Abkommen mit den Dänen anzutasten. Sein Gewinn wog die Tributzahlungen an den Dänenkönig und die Jomskrieger reichlich auf. So folgte Burislav der Einladung des Pal nach Jumne.

Hier hatten italienische Baumeister ein Gebäude aus wuchtigen Steinquadern errichtet, worin der Kastellan residierte. In dem Gebäude befand sich eine große Halle mit rundbogigen Fensteröffnungen, die ebenso wie das Portal von weißen Marmorsäulen flankiert waren. Die Bewohner von Jumne waren sehr stolz auf dieses Bauwerk, denn es wirkte inmitten der einfachen Holzhäuser ringsum prächtig und fremdartig zugleich.

In Jumne war Markttag. Auf dem weiten Platz vor dem Kastellansamt herrschte geschäftiges Treiben. Man handelte und feilschte radebrechend in vielen Sprachen Europas, und der Lärm stand wie eine unsichtbare Wolke unter dem blauen Ostseehimmel.

Als Pal und sein Gefolge im Schmuck der silberbeschlagenen Waffen und Brünnen den Marktplatz erreichten, zeigte das Volk von Jumne durch wohlmeinende Rufe, Gebärden und Mienen, daß es durchaus wußte, was es den dänischen Seekriegern zu verdanken hatte.

Fürst Burislav begrüßte seine Bundesgenossen in der waffengeschmückten Halle mit aller Herzlichkeit und forderte Pal auf, sogleich zur Sache zu kommen.

Burislav war nicht erbaut von Pals Absicht, sich von öffentlichen Angelegenheiten zurückzuziehen, doch er mußte dessen Gründe anerkennen.

Als Nachfolger wurde Sigvald bestimmt, weil ihm nach Pals Meinung am wenigsten fehle, den Angelegenheiten der Burg vorzustehen. Burislav wollte nun den Bund aufs neue bekräftigen. Thorkel, der das Herz seines Bruders Sigvald am besten kannte, wußte dafür Rat. Er sprach aus, was auch vielen anderen nicht verborgen geblieben war, daß des Fürsten Tochter Astrid und Sigvald Gefallen aneinander gefunden hätten. Ihre Vermählung, so meinte er, könnte den beiderseitigen Interessen nur dienlich sein.

Burislav zeigte sich überrascht, denn Sigvald war im Grunde kein ebenbürtiger Partner für seine Tochter. Nach einiger Bedenkzeit gab er jedoch seine Zustimmung, weil er die Dänen nicht brüskieren wollte.

Der verhängnisvolle Schwur

Nicht lange danach weilte Sigvald am Hofe König Svens. Es fand die Trauerfeier für den toten Harald Blauzahn statt, zugleich ehrte man den verstorbenen Jarl Stutzharald, den Vater Sigvalds und Thorkels.

Während des Festes faßte Sven einen hinterlistigen Plan, denn die Jomsburger waren ihm zu übermütig in letzter Zeit, und ein Dämpfer konnte ihnen nichts schaden. Als alle, besonders aber die Jomsburger, schon viel Met getrunken hatten, meinte Sven deshalb, daß nun wohl die Zeit gekommen sei, etwas zu ersinnen, wovon man noch nach Zeiten sprechen würde.

Damit waren alle einverstanden. Sigvald forderte den Sven auf, als erster anzuheben. Das zu sagen hatte ihn einige Mühe gekostet. Schwer wie ein Stein fiel er auf seinen Sitz zurück. Sven sah das mit Vergnügen und wollte das Eisen schmieden, ehe es erkaltet war. Es sei bei solchen Gelagen Brauch, sagte er, sich selbst zum Ruhme ein Gelübde zu tun, denn der Ruhm sei vergänglich wie welkender Lorbeer, er müsse wie dieser stets erneuert werden. So gelobte denn Sven, den König Aethelred von England anzugreifen und zu verjagen, bevor noch der dritte Winter ins Land gegangen sei.

Nun waren aller Augen auf Sigvald gerichtet. Der merkte wohl, daß der König mit großem Einsatz spielte, um ihn zu fordern. Er tauschte einen Blick mit seinen Männern und wußte, daß sie ihm zustimmen würden, was immer er vorzubringen hatte.

Auf den Schwingen des Rausches wie auf einer Wolke schwebend, sprach Sigvald sein Gelübde. Er wolle mit allem Kriegsvolk, das er erlangen könne, noch vor dem dritten Winter in Norwegen heeren und nicht eher ruhen, bis der Jarl Hakon vertrieben oder gefallen sei.

Das waren starke Worte! Sven konnte seine Freude kaum verbergen. Dahin hatte seine List gezielt. Er würde den Vorteil ohne Schwertstreich haben. Laut lobte er den Jarl und wünschte Glück zu dieser Unternehmung.

Sigvalds Leuten war der Schreck aufs erste tüchtig in die Glieder gefahren. Doch im Rausch gewinnt der Leichtsinn schnell die Oberhand, und so gelobten Thorkel und Bui und Sigurd, dem Sigvald zu folgen und nicht eher aus der Schlacht zu weichen, bis sie das Heck seines Schiffes sähen.

Vagn hatte sich beim Trinken zurückgehalten. Er erkannte als einziger klar, was den Jomskriegern nach diesem Gelübde bevorstand. Doch konnte er sich dem Gesetz nicht entziehen, wollte er nicht sein Gesicht verlieren. So gelobte auch er, dem Sigvald beizustehen im Kampf, auch wolle er den gefürchteten Thorkel Leira im Kampf erschlagen.

Als Sigvald am nächsten Morgen erwachte, rief ihn die Stimme seiner Frau Astrid in die Wirklichkeit zurück. Ob er sich wohl an sein Gelübde erinnere, fragte sie. Nun erkannte Sigvald erschreckt, daß ihn der König überlistet hatte.

Astrid, die die Ratlosigkeit ihres Mannes sah, riet, er solle sich sofort der Hilfe des Königs versichern, denn mit seiner Streitmacht allein könne er das Gelübde nie erfüllen.

Sven tafelte mit den anderen bereits wieder in der Halle, als die Jomswikinger eintraten. Er erinnerte sogleich an das Gelübde. Sigvald gab ihm zu bedenken, daß man im Rausch ein anderer Mann sei, gleichwohl solle das Gesagte gelten. Ohne Hilfe des Königs jedoch wäre das Gelübde nicht zu erfüllen.

Sven wußte das wohl, und er versprach, zwanzig Schiffe mit Bemannung zu stellen. Dies schien Sigvald zu gering. Zwanzig Schiffe als Zulage mochten einem Bauern wohl anstehen, nicht aber einem König. Schließlich einigte man sich auf sechzig Großschiffe, denen Sigvald noch sechzig weitere hinzufügen wollte. So wurde die Jomsburg nicht aller Streitkräfte entledigt.

Zum Schluß mischte sich die kluge Astrid ein. Sie forderte, daß der Zug nach Norwegen umgehend erfolgen müsse, damit Jarl Hakon nicht vorher gewarnt würde. So faßten die Männer, wenn auch schweren Herzens, den Entschluß, sogleich gegen Norwegen auszufahren.

Die Seeschlacht in der Hjörungabucht

Mit gutem Wind erreichte die Flotte der Jomswikinger die norwegische Südküste. Das mächtige Schiffsaufgebot der Dänen war nicht unbemerkt geblieben. Jarl Hakon schickte den Kriegspfeil in die Provinzen seines Landes mit der Weisung, daß sich alle Schiffe bei der in der Landschaft Söndmöre gelegenen Hjörungabucht versammeln sollten.

Dies hatte Sigvald in Erfahrung gebracht, und er ließ seine Schiffe nordwärts nach Mittelnorwegen segeln, denn dort lag die Landschaft Söndmöre. Einige Tage darauf standen sich die Kämpfer gegenüber. Hier die großen hochbordigen Fahrzeuge der Jomswikinger, dort die an Zahl weit überlegenen, doch kleineren Boote der Norweger.

Schnell liefen die Schiffe aufeinander zu. Die ersten Pfeile suchten ihr Ziel. Vom Wind begünstigt, stießen die Rammsteven der Ostseewikinger mit Wucht in die feindlichen Reihen. Krachend barsten Planken.

Während von Bug zu Bug mit Streitaxt und Schwert ein verbissener Kampf entbrannte, mußten die Norweger die Verbindungstaue zu den sinkenden Schiffen kappen und deren Mannschaften übernehmen. Dadurch erlangten die Jomswikinger Vorteile. Bald bliesen Hakons Hörner zum Rückzug.

Auch den Jomswikingern kam eine Kampfpause gelegen. Sigvald beriet sich mit seinen Anführern. Man wußte, dieser Rückzug war noch nicht der Sieg, der Gegner würde wiederkommen.

Jarl Hakon hatte seine Flotte gegen eine Insel zurückgenommen. Er wollte an Land gehen, ein Opfer bringen, um die Götter günstig zu stimmen. Als er zurückkehrte, schien er zuversichtlicher zu sein. Entschlossen rüsteten die Norweger zum zweiten Gang.

Inzwischen hatte sich der Himmel mit dunklen Wolken bezogen. Hakon nahm auch dies als ein gutes Vorzeichen, denn der aufkommende Sturm stand seiner Flotte im Rücken. Der Gewittersturm führte walnußgroße Schloßen mit. Trotzdem hielten sich die Jomswikinger aufrecht und sandten den anrückenden Norwegern einen dichten Pfeilhagel entgegen. Doch erreichte dieser, vom Sturm gebremst, kaum sein Ziel. Die Geschosse der Gegner dagegen prasselten mit doppelter Wucht gegen ihre Schilde.

Wieder entbrannte der Streit Mann gegen Mann. Einige Norweger hatten bereits auf den gegnerischen Schiffen Fuß gefaßt. Plötzlich rief Sigvald, er habe gelobt, den Jarl Hakon zu bekämpfen, nicht aber dieses Hexenwetter, deshalb solle es nun genug sein. Er ließ seine Schiffe aus dem Verband lösen und bedeutete seinen Hauptleuten, sich ihm anzuschließen.

Während der Hagelsturm abflaute, war es fast dunkel geworden. Auch

Thorkel hatte sich zurückgezogen, ebenso Sigurd, nachdem sein Bruder Bui gefallen war. Vagn kämpfte weiter, weil er die Haltung Sigvalds nicht billigte. Doch bald erkannte er die Absicht des Gegners, ihm den Rückzugsweg abzuschneiden. Mit Mühe gelang es dem letzten Aufgebot der Jomswikinger, das freie Wasser zu gewinnen. Zuletzt hatten die Männer nicht mehr das Weiße im Auge des Gegners sehen können. Wohltätig nahm die Nacht alles in ihre Arme.

An einer felsigen Küste ging Vagn mit seiner abgekämpften Mannschaft an Land. Hier sollten die Verwundeten gepflegt werden, und ein erquikkender Schlaf sollte Spannkraft für den nächsten Tag geben.

Ihm waren noch achtzig Gefährten geblieben. Niemand dachte mehr daran, sich noch einmal der Übermacht zu stellen. Im frühesten Morgengrauen wollte man davonsegeln oder Rettung über Land versuchen.

Als der Tag anbrach, zeigte sich, daß man auf einer kleinen Felsenklippe von den Schiffen des Jarl umzingelt war. Müde und durchfroren ließen sich die Krieger der Jomsburg gefangennehmen.

Jarl Hakon ließ einige sofort enthaupten. Vagn jedoch und manchem seiner Gefolgsleute wurde das Leben geschenkt. Sie konnten nach einiger Zeit wieder südwärts in ihre Heimat segeln. Des Abenteuerlebens müde, widmete sich Vagn fortan seinen Besitzungen auf Fünen.

Von Sigvald wäre zu berichten, daß er mit vierundzwanzig Schiffen, die er durch seine Flucht aus der Schlacht gerettet hatte, nach Seeland zurückkehrte.

Schatten über Jumne Jomsburg

Nach dem blutigen Treffen mit den Norwegern war keiner der Anführer zur Jomsburg zurückgekehrt. Ebensowenig die Bauernkrieger. Sie wandten sich anderen Unternehmungen zu oder kehrten in die Heimat zurück, um sich auf ihren bäuerlichen Anwesen in der Landarbeit nützlich zu machen.

Sigvald hatte den Hauptteil der Burgbesatzung gegen die Norweger geführt. In der Seeburg war nur eine kleine Bedeckung zurückgeblieben. Ihr mangelte es an einer straffen Führung. Verantwortungslose Abenteurer rissen in der Jomsburg die Macht an sich, es kam zu blutigen Fehden, weil jeder nur seinen Vorteil suchte. Die von Palnatoki eingeführte Ordnung verfiel. Niemand achtete mehr auf die Gesetze und die Abkommen, die zum Schutze Jumnes getroffen waren. Angewidert von dem Treiben, hatten die Anständigsten der Burg längst den Rücken gekehrt. Die anderen aber, verstärkt durch allerlei zwielichtiges Gesindel, trieben schonungslosen Seeraub.

Waren die Jomsburger zu Zeiten des Pal und Sigvald bei allen ehrlichen Leuten geachtet und geehrt, so fürchtete man sie nun wie die Verheerungen einer Sturmflut.

Die Nachricht von der Wendenküste beunruhigten König Sven. Oftmals stellte er sich jetzt die Frage, ob es klug gewesen war, den Sigvald und seine Getreuen in dieses norwegische Abenteuer zu treiben.

Nun waren die Jomskrieger in alle Winde verstreut, viele von ihnen lagen auf dem Grunde der Hjörungabucht. Der stolze Sigvald, Sigurd, und der tapfere Vagn saßen auf ihren Besitzungen und grollten ihm. Ja, er hatte einen Fehler begangen in jener Nacht. Er hatte gespielt und verloren. Die Jomsburg war nun in den Händen von Freibeutern. Ihre Untaten würde man ihm zur Last legen. Er aber mußte vorerst tatenlos zusehen, hatte nicht Schiffe, nicht Männer genug, dort Ordnung zu schaffen, da ein erheblicher Teil seiner Streitmacht in den englischen Unternehmungen gebunden war. So sah Sven die Dinge, und er sah sie richtig. Die Historie weiß nicht zu vermelden, daß Sven Gabelbart einen wirksamen Versuch unternommen hätte, die Seefeste im Wendenland wieder unter seine Herrschaft zu bringen.

Nach Svens Tode unternahm Knut der Große um das Jahr 1030 eine Strafexkursion gegen die Jomsburg. Nach hartnäckigem Kampf wurde die Festung von den Dänen erobert, die Rädelsführer wurden abgeurteilt. Der Erfolg war jedoch nur von kurzer Dauer. Der überwiegende Teil der Burgbesatzung bestand nun aus slawischen Fahrensleuten, die den dänischen Herrschaftsanspruch nicht mehr anerkannten. Mehr noch, auf ihren Raubzügen verschonten sie auch die dänischen Küsten nicht.

Mehr als ein Jahrzehnt danach war Magnus König der Dänen, er führte den Beinamen der »Gute«. Doch die Güte hatte Grenzen. Er wollte nicht länger dulden, daß ihm Slawen aus dem Gehorsam gefallen waren. Eine alte Chronik sagt:

»Als aber König Magnus nach Slawien kam, landete er bei der Jomsburg und eroberte die Feste rasch. Er erschlug dort viel Volks, steckte die Feste in Brand und das Land weit umher und trieb und nahm alles weg.«

Das geschah im Jahre 1044. Magnus verheerte nicht nur die Jomsburg, worauf er ein Recht zu haben glaubte, er plünderte auch das wohlhabende Jumne. Eine nachhaltige Auswirkung hatte dieser Aderlaß für die Stadt jedoch nicht. Der Handel über Land und See kam bald wieder in Gang, die betriebsamen Bürger legten Groschen auf Groschen, füllten ihre Geldbeutel aufs neue, bauten ihre Häuser schöner denn zuvor wieder auf und hatten das Ungemach bald vergessen.

Die Verschwörung der Geächteten

Im Jahre 1090 — lange schon hatten die Ostseewenden die dänische Vorherrschaft mit Hilfe der Polen gebrochen — regierte in Dänemark der schwache, kraftlose Olaf Hunger. In diesem Jahr brach ein neues Unglück über Jumne herein. Auch diesmal mußten die Bewohner für die Untaten der unliebsamen Nachbarn in der Seeburg mitbezahlen.

In Dänemark trieben zu dieser Zeit zwei berüchtigte Missetäter ihr Unwesen. Der eine nannte sich Alli, der andere Herri. Schließlich wurden sie gefangengenommen, mit dem Bann belegt und gezwungen, außer Landes zu gehen.

Die beiden dachten jedoch nicht daran, ihr Lotterleben aufzugeben, ebensowenig einige ihrer Komplizen, die sich ihnen auf Gedeih und Verderb verbunden hatten. Eines Tages ankerte die Kumpanei vor der Jomsburg.

Seit den Tagen Palnatokis waren mehr denn einhundert Jahre vergangen. Nun fragte hier niemand mehr danach, was einer auf dem Kerbholz hatte. Als die Bewohner der Burg hörten, daß die Ankömmlinge von ihren Erzfeinden mit dem Bann belegt seien, wurden sie aufgenommen.

Alli und Herri genügte es jedoch nicht, einen Unterschlupf gefunden zu haben. Sie wollten mehr. Es kam ihnen zustatten, daß zwei Häuptlinge im Streit um die Alleinherrschaft in der Burg lagen. Während die zwei Dänen so taten, als gehe sie das nichts an, brachten sie insgeheim einen guten Teil der Mannschaft hinter sich.

Eines Nachts drangen die Verschwörer in die Quartiere der beiden Häuptlinge ein und erschlugen sie mitsamt ihrer Leibwache nach kurzem Kampf.

Tagelang wurde dieser »Sieg« in wüsten Gelagen gefeiert. Als die Vorratskammern leer waren, gingen die Jomsburger auf See, und es war kein Schiff mehr sicher vor ihnen, gleich, unter welcher Flagge es fuhr. Als die Freibeuter selbst dänische Schiffe nicht verschonten, als sie gar raubend und brennend friedliche Gehöfte auf Bornholm heimsuchten, wurde ihnen das zum Verhängnis.

Des Treibens überdrüssig, riefen einige Jarlssöhne in Dänemark zum Feldzug gegen die Jomsburg auf. Sie fanden lebhaften Widerhall. Voller Tatendrang fuhren sie gegen das Wendenland aus. Die Feste wurde von der Land- und Seeseite eingeschlossen, so daß keine Maus mehr durchschlüpfen konnte.

Angesichts dieser bedrohlichen Lage wandelte sich der freche Übermut der Seeräuber in panische Furcht. Schon beim ersten Ansturm drangen die Dänen in die Burg ein.

Der überwiegende Teil der Verteidiger legte die Waffen nieder. Dumpf vor sich hinbrütend, erwarteten die Piraten ihr Schicksal. Die beiden Rädelsführer hatten sich mit einem Trupp ihrer treuesten Komplizen im Langhaus verschanzt. Die Dänen legten Feuer. Gierig fraßen sich die Flammen in das trockene Gebälk. Halb betäubt, fallend, sich wieder aufrappelnd, strömten die Belagerten durch dichte Qualmwolken ins Freie.

Inzwischen war die Nacht hereingebrochen. Erhellt von dem lodernden Schein der Flammen, standen die Eroberer Schild an Schild um den großen Versammlungsplatz. Was hatte sich hier schon alles ereignet! Hier hatte Pal die ersten Anweisungen für den Ausbau der Burg gegeben. Hier hatte er seine klugen Gesetze verkündet. Sigvald stellte sich hier mit seinen Männern zum Schwertkampf, wie es die Vorschriften für die Aufnahme einst forderten. Hier erlebten Bui und Vagn ihre schönste Stunde, als sie nach dem Sieg auf den Schultern ihrer Gefährten Einzug hielten.

Mit ihnen allen war die große Zeit der Jomsburg für immer dahingegangen. Das kleine Häuflein von Taugenichtsen, das nun um Gnade winselte, hatte das Seine dazu beigetragen. Während das brennende Gebäude funkenstiebend in sich zusammenstürzte, fanden Alli und Herri und ihre Komplizen den Tod durch das Schwert.

Als die Dänen am nächsten Morgen erwachten, waren sie des leichten Erfolges froh. Doch in der Jomsburg fand sich keine Schatzkammer, und was galt ein Sieg ohne Beute!

In der Morgensonne blinkten die Dächer von Jumne herüber. Dort wohnte die Wohlhabenheit; die Speicher waren prall gefüllt mit kostbarem Handelsgut. Wohl war es den Dänen bekannt, daß Stadt und Burg feindliche Nachbarn waren. Gleichviel! Was sie eben noch bekämpft, taten sie nun selbst. Die offene Stadt hatte den Nordmännern nichts entgegenzusetzen. Diese nahmen vom Guten das Beste und stachen wieder in See.

Jumnes letzter Tag

Wenige Jahre nur waren seitdem ins Land gegangen. Über Dänemark gebot König Erik I., ein kraftvoller Mann mit ehrgeizigen Plänen. Er träumte von den großen Tagen und Taten der Wikinger und wollte seinem Lande die einstige Vormachtstellung im Ostseeraum zurückgewinnen.

Noch immer war Jumne die vornehmste Handelsmetropole der Ostsee. Wieder bildete die Jomsburg den Vorwand zum Feldzug gegen die wendische Küste. Dreimal in drei Jahren kam Erik mit einer mächtigen Flotte über das Meer. Über Jumne stand der rote Hahn. Von Rügen bis zur Swine verheerte er das Land. Kein Weiler blieb ungeschoren.

Im vierten Jahr segelten die Dänen abermals über das Meer. Die ständigen Angriffe der Nordmänner hatten zwischen dem Burghäuptling und dem Kastellan von Jumne ein Bündnis zustande gebracht. Neben den verwegenen Gesellen der Feste standen nun waffenfähige Männer Jumnes hinter der Wallverschanzung.

Das war den Angreifern nicht verborgen geblieben, sie richteten deshalb die ganze Wucht ihres Angriffs gegen das Seetor und die angrenzenden Bastionen. Darauf waren die Verteidiger nicht vorbereitet. Ehe noch Verstärkung zur Stelle war, hatten die Dänen das Seetor freigekämpft. In panischer Furcht hasteten die Verteidiger, von ihren Feinden verfolgt, durch das Landtor.

Zwischen Burg und Stadt erstreckte sich eine ebene Flur bestellter Felder. Hier und da standen einige Lehmkaten der Bauern, die in friedlichen Zeiten ihre Produkte in der Stadt verkauften. Von der Übermacht umzingelt, wurden die Flüchtenden hier bis auf den letzten Mann niedergemacht.

Die unsicheren Zeiten hatten dem Handel der Stadt bereits erheblichen Schaden zugefügt. Wenn sich die Händler auf ihrem langen Reiseweg des Abends in den Ausspannungen an den Furten der Flüsse oder während des Marsches auf unwegsamen Urwaldpfaden trafen, dann wurden die von Norden Kommenden ängstlich befragt, wie es in Jumne stehe. Die Antwort ließ keine guten Geschäfte erwarten. Auch den Kaufleuten von Jumne saß der Schreck in den Gliedern. Ihre Betriebsamkeit war gelähmt. So kam es, daß manch einer der Händler die kleinen Handelsplätze weiter östlich der Stadt aufsuchte. Hier war freilich weniger Gewinn, doch mehr Sicherheit für Gut und Leben zu erwarten.

Das geringe Angebot begehrter Waren aus dem Süden veranlaßte auch die Kauffahrteischiffe, den Hafen mehr und mehr zu meiden. Sie liefen nun vielfach die kleinen Plätze an, selbst wenn sie ihre Waren auf stürmischer Reede löschen mußten.

So war Jumnes Handel fast erdrosselt, als die Dänen nach dem Gemetzel auf der Feldflur der Stadt zueilten. Noch war die Stadt jedoch reich. Man brauchte die Leute nur gehörig zu piesacken, um ihre Geldbeutel aus den Verstecken zu zaubern.

Jumne lag verödet. Viele der Bewohner waren, als die ersten Segel über dem Horizont auftauchten, mit eilig zusammengeraffter Habe auf Schiffen geflohen. Andere hatten sich landein in dem dichten Urwald verborgen.

Bis in den sinkenden Tag hinein dauerte die Plünderung. Keine Straße, kein Haus und keine Hütte blieb verschont. Im Hafen türmte sich das geraubte Gut, kaum konnten die Schiffe die Beute bergen.

Dann schlugen die ersten Flammen gegen den Nachthimmel. Heulend raste der Feuersturm durch die Gassen, mischte sich mit dem Prasseln und Dröhnen einstürzender Gebäude zu einem grausigen Chor. Jumne war ein einziges Feuermeer.

Atemringend hasteten die letzten Kolonnen der Zerstörer zum Hafen, einige brachen zusammen, niemand kümmerte sich darum. Die sengende Glut im Nacken, warfen sich die Brandstifter mit angstgeweiteten Augen auf ihre Schiffe und suchten eilends das Weite.

Noch einmal leuchtete der Turm von Jumne über das Meer, eine brennende Fackel vom steingefügten Fundament bis zum strohgedeckten Dachreiter. Krachend und berstend stürzte der Leuchtturm in sich zusammen, ein letztes Funkenfeuerwerk gen Himmel schießend. Ein allerletztes!

Schaudernd sahen die Zerstörer über das riesige Feuerfeld. Frierend hüllten sie sich in ihre Umhänge, und es war nicht die Fröhlichkeit der Sieger in ihnen.

Als der Tag graute, kamen die Leute von Jumne aus dem Urwalddickicht hervor. Ihre Herzen waren voll banger Ahnung. Sie hatten den glutroten Himmel, das ferne Heulen des Feuersturms wahrgenommen, und doch gingen sie den weiten Weg nicht ohne Hoffnung.

Doch bald fiel auch die letzte Zuversicht von ihnen ab. Mit leeren Augen schauten sie über die schwelenden Trümmer bis hinüber zum Meer, das friedlich in sich ruhte, als sei nichts geschehen. Verlassen dümpelte hie und da ein Boot in der flachen Dünung. Sonst bewegte sich nichts. Wortlos nahmen die Heimatlosen ihre Bündel und gingen schweren Schrittes der aufgehenden Sonne entgegen.

Die Perle der Ostsee ward endgültig zerstört. Der Sturm trug die Asche in alle Richtungen der Windrose, Gräser und Sträucher überwucherten die Trümmer, junge Bäumchen wuchsen empor, und als einige Jahrzehnte vergangen waren, bedeckte auch hier schweigender Urwald die Reste der einst so regsamen Stadt. Nur hie und da lugte ein bemooster Steinquader aus dem Unterholz hervor, ein stummer Zeuge vergangener Zeiten. Es blieb nichts als die Erinnerung an vergangene schöne Tage, die von Generation zu Generation immer blasser wurde.

III
AUF DEN SPUREN VINETAS

Was deutsche Chroniken berichten

Einige Fragen zum Wesen und zum Schicksal Jumnes-Vinetas sind uns durch Sagas und die Ergebnisse der Geschichtsforschung bereits beantwortet worden. Wir wissen, daß die rätselhafte Stadt Vineta existierte, wir haben erfahren, daß sie von dänischen Wikingern mehrfach geplündert und schließlich durch Brandlegung völlig vernichtet wurde.

Außer in nordischen Quellen wird Jumne auch in deutschen Chroniken erwähnt. Die erste und älteste ist für uns von besonderem Interesse, weil sie aus einer Zeit stammt, da Jumne nach der Plünderung durch Magnus den Guten seine höchste Blüte erlebte.

Der Chronist ist Adam von Bremen; er war in Bremen seit 1068 Domherr. In einer Klosterschule ist er erzogen worden, das war damals die einzige Möglichkeit, sich Bildung zu erwerben. Adam interessierte sich besonders für Geschichte und Geographie. Er schrieb alles auf, was er aus alten Quellen erfahren und auf Reisen selbst erlebt und gesehen hatte.

Sein Amt als Domherr gab ihm die Möglichkeit, eine Geschichte von der Ausbreitung des Christentums in den wendischen Gebieten zu verfassen. Da die Wenden ihren Stammesgöttern kämpfend die Treue hielten, ist in Adams Chronik viel mehr von den Schwerttaten als von den »Segnungen des Kreuzes« die Rede.

In seiner Chronik gibt Adam erstmals Kunde von den damals noch mit Urwäldern und Sümpfen bedeckten Gebieten Mecklenburgs und Vorpommerns, die von Westen her schwer zugänglich waren. Er berichtet über die in diesem Raum ansässigen slawischen Stämme und deren Lebensweise.

Auf seinen Missionsreisen kam Adam auch nach Dänemark, wo er den König Sven Estridson aufsuchte. Der erzählte ihm vom Leben und Treiben in der berühmten Hafenstadt Jumne. Aufmerksamkeit verdient vor allem, was Adam von Bremen über die geographische Lage Jumnes ausführt:

»Die Grenzen der hamburgischen Parochie erstreckten sich bis zum Peenefluß; hier ist die Grenze unserer Diözese. Von dort haben die Lutizier ihren Sitz ... Östlich von den Lutizen, die auch Wilzen genannt werden, fließt die Oder, der Hauptstrom des Slawenlandes ... Jenseits der Oder aber wohnen, wie wir erfahren, die Pommern. An der Mündung der Oder, wo sie sich ins skytische Sumpfmeer (die Ostsee) ergießt, bietet die prächtige Stadt Jumne den Barbaren (Nordländern) und Griechen (griechisch-orthodoxen Russen) eine berühmte Heimstatt. Zum Ruhme dieser Stadt werden so große und kaum glaubliche Dinge berichtet, daß ich darüber gern etwas mitteile.

Es ist entschieden die größte Stadt, die es in Europa gibt. Die Bewohner sind Slawen und andere Völker, Griechen und Barbaren. Auch die sächsischen Einwanderer haben gleiches Wohnrecht, sofern sie ihr Christentum bei ihrem Aufenthalt nicht zur Schau tragen, denn alle befinden sich in dem heidnischen Irrglauben, aber in Sitte und Gastfreundschaft gibt es kein ehrlicheres und gütigeres Volk.

Die Stadt strotzt von Waren aller nordischen Nationen, und nichts geht ihr ab von Annehmlichkeit und Seltenheit. Dort ist der Vulkanstopf (Leuchtfeuer), was die Einwohner griechisches Feuer nennen. Das Meer erscheint dort in dreifacher Gestalt, denn die Insel hat drei Gestade. Das eine soll ganz grau sein, das andere weißlich, das dritte liegt unter tosenden Fluten bei ständigem Sturme. Von Jumne, in dessen Nähe auch die Rügener wohnen, gelangt man in kurzer Ruderfahrt über die Peene nach der Stadt Demmin.«

Mag Adam von Bremen übertrieben haben, wenn er von Jumne als der größten Stadt Europas spricht, so ist doch außerordentlich aufschlußreich, was er über den Handel und die Lebensweise der Bewohner sagt. Der Bericht Adams ist die einzige zeitgenössische Überlieferung, die genauere Angaben über den geographischen Standort Jumnes macht. Allerdings stützt sich seine Niederschrift kaum auf eigene Kenntnis, sondern mehr auf die Berichte seiner Missionare und die Erzählungen Sven Estridsons.

Der Domherr von Bremen sagt eindeutig, daß Jumne an der Odermündung gelegen sei. Wir erinnern uns, daß auch die später entstandenen Vinetasagen den verschwundenen Handelsplatz im Raum von Usedom ansiedelten. Das wird durch ein weiteres Dokument aus jener fernen Zeit bestätigt.

Um das Jahr 1168 wirkte in Bosau, einem Dorfe in Schleswig, ein alter Pfarrer namens Helmold. Wie sein ein Jahrhundert zuvor verblichener Bruder im Amte, Adam von Bremen, legte Helmold eine Chronik an, in der er die Geschichte der Slawen aufzeichnete. Hierin findet sich eine letzte Nachricht vom Schicksal der einst so betriebsamen Wendenstadt:

»Die Elbe nämlich fließt nach Westen zu und bespült in ihrem ersten Anlaufe die Länder der Böhmen und Soraben, in der Mitte ihres Laufes aber trennt sie die Slawen von den Sachsen, und indem sie am Ende ihrer Bahn den Hammemburger Kirchsprengel von dem Bremer scheidet, betritt sie als Siegerin den britischen Ozean. Der andere Fluß, die Oder, wendet sich nach Norden, geht mitten durch die Stämme der Wunuler hindurch und trennt die Pommern von den Wilzen.

An der Mündung derselben, wo sie das Baltische Meer berührt, lag einst die sehr angesehene Stadt Jumneta, welche den Barbaren und Griechen, die ringsumher wohnen, einen sehr gerühmten Mittelpunkt des Verkehrs darbietet. Zum Preise dieser Stadt nun werden große und kaum glaubwürdige Dinge erzählt, ich will davon nur einiges, was der Erwähnung wert ist, mitteilen.

In der Tat war sie die größte aller europäischen Städte. Sie war bewohnt von Slawen und einer anderen gemischten Bevölkerung von Griechen und Barbaren. Denn auch die dorthin reisenden Sachsen erhielten Erlaubnis, daselbst mit zu wohnen; freilich nur, wenn sie, solange sie sich dort aufhielten, sich nicht öffentlich als Christen zu erkennen geben wollten. Denn bis zum Untergang der Stadt waren alle Bewohner derselben in heidnischem Irrglauben befangen. Übrigens war, was Sitten und Gastlichkeit anlangt, kein ehrenwerteres und gutherzigeres Volk zu finden.

Jumneta, reich durch die Waren aller Nationen, besitzt alle möglichen Annehmlichkeiten und Seltenheiten. Diese so wohlbegüterte Stadt soll ein König der Dänen, mit einer sehr großen Flotte heransegelnd, von Grund zerstört haben; noch sind von jener alter Stadt Überreste vorhanden. Dort zeigt sich das Meer in dreierlei Art. Jene Insel wird nämlich von drei Gewässern bespült, deren eines von ganz grünem Aussehen sein soll, das zweite von weißlichem, das dritte wird aber unaufhörlich von wütenden Stürmen bewegt.«

Viele Ähnlichkeiten deuten darauf hin, daß Helmold von Bosau den Bericht Adams gekannt hat; doch eine Tatsache ist in der Chronik von Helmold angeführt, die zu Zeiten des Bremer Domherren noch nicht gegeben war. Helmold bestätigt, daß die Stadt von einem König der Dänen zerstört wurde und daß ihre Überreste noch sichtbar seien. Da Adam Jumne um 1075 noch in voller Blüte weiß, muß die Zerstörung der Stadt in den hundert Jahren erfolgt sein, die zwischen Adam und Helmold liegen. Das deckt sich mit den Angaben der dänischen Geschichtsforschung, die den Untergang Jumnes um das Jahr 1100 ansetzt.

Nun, da wir das wirkliche Schicksal Jumne-Jomsburgs bis hierher entschleiert haben, soll auch die Frage beantwortet werden, warum die Stadt Jumne, als sie längst verschollen war, Vineta genannt wurde.

Im Mittelalter schrieben die Gebildeten in lateinischer Sprache. Helmold versah Jumne mit einer lateinischen Endung, und es wurde Jumneta daraus. Die Buchdruckerkunst wurde erst zweihundert Jahre später erfunden. Wurde ein neues Exemplar einer alten Handschrift gebraucht, mußte es jedesmal mit der Hand abgeschrieben werden. Auf diese Weise entstanden oft sinnentstellende Fehler. Aus Jumneta wurde schließlich Vimneta, bis das slawische Jumne in das wohlklingende, von geheimnisvollem Zauber umrankte Vineta umgedeutet war, das in die Sage aufgenommen wurde.

Jumne, das Karthago des Nordens, geriet in Vergessenheit. Vineta aber lebte weiter im Bewußtsein der Menschen; sagenumwittert, geheimnisvoll, als ein letzter Nachklang ferner Geschehnisse.

Die Leute vom Ruden und die große Sturmflut

Wie entstand die Überlieferung, daß Vineta durch eine Sturmflut vernichtet worden sei? Gibt es dafür irgendwelche Anhaltspunkte? Wir blättern in vergilbten Dokumenten und entdecken in einer alten Stralsunder Chronik folgende Notiz:

»Item 1304 ist das Neue Tief vor dem Sunde bei Gelegenheit eines Sturmes entstanden. Im Jahre 1304 am Allerheiligentag (1. November) wehte ein so großer Sturmwind, wie er seit Menschengedenken nicht erhört war. Riß Bäume aus der Erde und Dörfer und Mühlen um und machte so hohes Wasser um dies Land, daß das Neue Tief aufbrach. Dort, wo die Leute (von) Zicker ihren Weizen auf dem Ruden säen und von einem Land zum anderen gehen, das war Wasser!«

Ein Blick auf die Karte gibt uns darüber Auskunft, daß sich der Ruden im unmittelbaren Bereich der Nordwestspitze Usedoms und der Peenemündung befindet. Geben wir unserer Phantasie freien Spielraum, um uns zu vergegenwärtigen, wie sich die Sturmflut von anno 1304 ereignet haben kann.

DAS PEENETIEF
ZWISCHEN RUDEN U. USEDOM

Seit der Zerstörung Jumnes waren etwa zweihundert Jahre vergangen. Die Trümmer der Stadt moderten unter einem dichten Moosteppich, gewaltige Buchen reckten ihre Kronen gegen den Himmel. Selten nur kamen Menschen in diese Waldeinsamkeit, um Hirsch und Eber zu jagen.

Nicht weit im Meer liegt die Insel Ruden. Ihre Bewohner führten ein recht abgeschiedenes Leben. Obwohl es genaugenommen keine Insel war, auf der sie lebten. Denn der Ruden war durch einen strichschmalen Landausläufer mit Rügen verbunden. Auf diesem schmalen Lande weideten die Rudener ihr Vieh. Wenn sie zum rügenschen Mönchgut hinüber wollten, um ihre Produkte zu tauschen, dann konnten sie es trockenen Fußes erreichen. An einer Stelle gab es zwar eine kleine Rinne, durch die die Wasser der Ostsee und des Boddens ineinanderflossen, doch die konnte man leicht überqueren.

Einmal im Jahr schickte der dänische Landvogt auf Rügen seine Büttel zum Ruden hinüber, um die Abgaben eintreiben zu lassen. Die Rudener holten einige Hammel von der Weide, taten ein paar Scheffel Korn dazu, und dann hatten sie wieder für ein langes Jahr Ruhe vor der Obrigkeit.

Jenseits der Peenemündung erhob sich vor der Kulisse des Buchenwaldes eine wild überwucherte kreisrunde Aufwerfung. Manchmal fragte einer der Jungen die Graubärte, was es damit wohl auf sich habe. Die Alten wußten nur zu sagen, daß dort vor Zeiten eine Seeräuberburg gewesen sein sollte, die durch ein furchtbares Strafgericht zerstört wurde. Jene Steine aber, die hie und da aus dem Waldboden hervorragten, sollten Überreste einer mächtigen Hafenstadt sein, die mit der Burg zugrunde ging.

Soviel hatten die Alten über den unheimlichen Ort erfahren, als sie selbst noch Kinder waren. Vielleicht noch einiges mehr. Doch das hatten sie vergessen, und das war besser so, denn dort drüben sollte es nicht recht geheuer sein.

Eisklirrende Winter, Saat- und Erntezeit, der Herbst mit brausenden Stürmen gingen über das kleine Eiland hinweg, das kommadünn nur mit dem großen Inselbruder verbunden war.

Schon seit Tagen blies ein steifer Nordwest. Die nagende Brandung fraß sich bereits in den Dünenfuß. Unaufhaltsam stieg die Flut. Mit besorgten Mienen standen die Rudener auf der Düne und sahen ohnmächtig zu. Wo nahm die See das Wasser her, um solche Berge aufzutürmen? Der Himmel war bis zum Horizont von schwarzen Wolken verhangen, die wie von

Furien gehetzt einherstürmten. Es sah nicht nach Wetterbesserung aus. Man mußte Vorsorge treffen.

Während die jüngeren Männer den gefährdeten Norddeich bewachten, fanden sich die anderen in der niedrigen Kate des Ältesten zusammen. Was nützte es zu sagen, daß die Deiche längst hätten erhöht werden müssen. Nun war es zu spät, das Versäumnis zu beklagen. Schuftete man zudem nicht tagsüber auf den Feldern und fuhr des Nachts zum Fischen hinaus, nur um das tägliche Brot zu haben?

Es blieb nur die Hoffnung, daß der Sturm nicht nach Nordwest drehte. Denn dann würden die aufgestauten Wassermassen zurückkommen und wie die Sintflut über das Eiland hereinbrechen. Ave Maria! Verstohlen bekreuzigten sich die Männer. Einige Beherzte meinten, man solle den Teufel nicht versuchen. Die Älteren kannten die Tücken des Meeres, deshalb rieten sie dringend, die Insel über den Landweg zu verlassen, solange dies noch möglich war.

So geschah es. Während die Glocke der kleinen Kirche mahnend schepperte, wurden die Karren bepackt. Alles ging in fieberhafter Hast vor sich.

Eine kleine Gruppe von Männern wollte zurückbleiben. Sie hoffte, den Kampf zu bestehen. Wenn dies unmöglich sein sollte, würden die Männer versuchen, mit einem starken Boot über den Bodden zu entkommen.

Widerwillig brummend zogen die Ochsen an. Als die Karawane den Deicheinschnitt, der zum Landweg hinunterführte, passiert hatte, sah man, daß höchste Eile geboten war. Hohe Wellenberge brandeten gegen den ungeschützten Landstreifen, überspülten ihn mit brodelndem Gischt und vereinten sich mit den Wassern des aufgewühlten Boddens. Nur wenige Landerhebungen ließen den Weg zur Großinsel ahnen.

Die Wagenkolonne verharrte. Entsetzen erfaßte die Flüchtenden. Die sonst so schmale Rinne, die man an stillen Tagen überspringen konnte, klaffte weit auseinander. Hier war kein Durchkommen mehr mit dem Karren! Man mußte versuchen, ein Seil hinüberzuschaffen. Trotz der Sturzfluten gelang das einem der Männer. Nach einer bangen Stunde war der Übergang vollbracht.

Wassertriefend, halb erstarrt, machten sich die Leute vom Ruden auf den Weg, der hier, gegen Rügen ansteigend, noch nicht von der Flut erreicht war. Einige Bündel, ein paar Rinder und Schafe, mehr war den Flüchtenden nicht geblieben.

Anderntags hatte der Orkan seine größte Wucht verloren. Zögernd wagte man sich wieder ins Freie. Klopfenden Herzens erstiegen die Flüchtlinge das Zickersche Kliff, das den Südostausläufer Rügens begrenzt. Die Höhe gewährte einen guten Ausblick über den Bodden hinweg bis zu ihrer Insel und zur Peenemündung. Doch nichts mehr erinnerte an das vertraute Bild. Dort, wo sich gestern noch die Landbrücke zum Ruden hinzog, türmten sich die Schaumkronen der noch immer erregten See. Der Ruden hatte seine Gestalt verändert. Einsam ragten nur noch die höher gelegenen Teile aus dem Meer. Die Sturmflut hatte außerdem den fast bis zur Insel Oie vorgestreckten Landvorsprung Usedoms fortgerissen. Treibende Buchenstämme erinnerten daran, daß dort einmal festes Land gewesen war.

Bedrückt wandten sich die Rudener ab. Doch als man sie fragte, ob sie zurückgehen wollten auf das kleine Stückchen Erde, das geblieben war, schauten sie nur verwundert drein. Sie gingen und teilten das wenige Land unter sich und fingen von vorn an, ganz selbstverständlich.

So mag sich das Schicksal der Rudener abgespielt haben. Tatsache ist, daß sich zum Beginn des 14. Jahrhunderts in dem Raum, dem hier unsere Aufmerksamkeit gilt, eine Naturkatastrophe ereignet hat. Erhebliche Teile blühenden Landes versanken damals für immer im Meer.

Außer den Angaben der Stralsunder Chronik, die anzuzweifeln eigentlich kein Grund vorhanden ist, gibt es genügend andere Beweise für eine Veränderung der Küstenlinie in jenen Gebieten, in denen einst die Jomswikinger ihre Tat vollbrachten und die Wenden Handel trieben.

Wer freilich mit Spaten und Hacke ausziehen wollte, um Vineta wiederzufinden, würde kaum etwas entdecken. Die Spuren verlieren sich im Meer. Auf seinem Grunde sind allerdings heute noch die Umrisse der einstiegen Küstengestalt eines versunkenen Landstriches erkennbar.

Wenn man von einer der südlichen Erhebungen des rügenschen Mönchgutes nach dem Ruden hinüberschaut, zeichnet sich ein heller Streifen im Wasser ab, der sich von Thießow mit einigen Windungen bis zum Ruden erstreckt. Nimmt man eine Seekarte zur Hand, wird deutlich, daß sich hier eine Bank erstreckt, die an vielen Stellen nur weniger tiefer als ein Meter unter dem Meeresspiegel liegt.

Diese Bank ist zweifellos ein Überrest der einstigen Landverbindung zum Ruden, »wo vor der Sturmflut anno 1304 die Leute von Zicker ihren Weizen säen und von einem Land zum anderen gehen« konnten.

Ähnliche Spuren der alten Küstenlinie finden sich auch an der Nordwestspitze Usedoms. Der Peenemünder Haken erstreckt sich — nur wenig unter der Wasseroberfläche — fast drei Kilometer ins Meer hinaus. Sein äußerster Vorsprung umgibt in breitem Bogen den Ruden. Ohne Zweifel hat diese jetzt flach unter dem Meeresspiegel liegende Landschaft große Ähnlichkeit mit der in der Jomswikinger-Erzählung geschilderten Örtlichkeit. Die von dem Haken gebildete Bucht mochte einst tatsächlich einen hervorragenden, direkt am Meer gelegenen Hafen abgegeben haben, den Harald Blauzahn für den Bau der Seeburg ausersah.

Nun, da der Schauplatz dramatischer Begebenheiten früherer Tage durch die Sturmflut endgültig vom Erdboden verschwunden war, bildeten sich von Mund zu Mund, von einer Generation zur anderen weitererzählt, die schönen Sagen von Vineta aus. Die dichterische Phantasie des Volkes schmückte die Überlieferung mit neuen Einzelheiten, fügte hinzu, wo das Gedächtnis lückenhaft war. Die Sage weiß nichts mehr von der Zerstörung Jumnes durch die Dänen. Dem Geist der Zeit folgend, wurde der Untergang dieses blühenden Gemeinwesens mit dem Lebenswandel seiner Bewohner verknüpft. Die Sturmflut erscheint in der Sage als das grausame Richtschwert einer höheren Gerechtigkeit, das die schuldig Gewordenen mit dem Tode bestraft.

Magister Kantzows großes Abenteuer

Seit der verheerenden Sturmflut waren abermals mehr denn zwei Jahrhunderte vergangen. Man schrieb das Jahr 1538. In Vorpommern gebot der Herzog Bogislaw über das Land ringsumher. Sein Wohnsitz war das Schloß zu Wolgast. In des Herzogs Diensten stand der Magister Thomas Kantzow, ein für seine Zeit hochgelehrter Mann. Sein Wirkungsfeld war die herzogliche Bibliothek. Hier verbrachte er seine Tage zwischen riesigen Erdgloben, alten Urkunden, schweinsledernen Folianten und kunstvoll gestochenen Landkarten.

Im Auftrage des Herzogs war Kantzow angehalten, eine Geschichte des Pommernlandes zu verfassen. Beim Studium der wenigen Überlieferungen aus älterer Zeit wurde er mit dem bekannt, was Adam von Bremen und Helmold über Jumne niedergeschrieben hatten. Danach mußte die ver-

schollene Handelsstadt Vineta tatsächlich im Pommernland gelegen haben, wie es auch in der Sage dargestellt war. Das Problem begann ihn zu interessieren. Wenn er es zu lösen vermochte, hätte seine Geschichte nicht nur einen glänzenden Ausgangspunkt, er würde beim Herzog einen Stein im Brett haben. Das konnte einem armen Gelehrten, dessen Wohl und Wehe von der Gnade der Mächtigen abhängt, nur recht sein.

Unser Magister erinnerte sich der alten Atlanten. Tatsächlich, auf der Karte von Usedom war im Meer unweit von Koserow eine Insel eingezeichnet, auf der Häuser und Straßenzüge angeordnet waren. Daneben stand in dicken Buchstaben »Wineta«. Auf einer anderen Karte fand er bestätigt, was er ähnlich schon bei Helmold erfahren hatte: »Wineta anno 1030 durch einen dänischen König zerstört.«

Magister Kantzow beschloß, hinauszufahren auf die See, um an Ort und Stelle Nachforschungen anzustellen. Das konnte nur geschehen, wenn der Herzog mit seiner ganzen Autorität dahinterstand. Und der war einverstanden, sah er doch eine Möglichkeit, die lückenhafte Ahnengeschichte seines Hauses aufzuhellen.

Thomas Kantzow machte sich also auf den Weg nach Damerow. Das kleine Fischerdörfchen lag der Stelle, wo die Insel Vineta vermerkt war, am nächsten. Er wurde begleitet von einigen Gehilfen und führte alles bei sich, was er für seine ungewöhnliche Exkursion als notwendig erachtete: Stricke und lange Stangen, deren einige mit kräftigen Eisenhaken versehen waren.

Die Damerower wunderten sich nicht wenig über den Aufzug der Stadtleute. Als sie aber hörten, was der gelehrte Herr im Sinne hatte, ja, daß sie dafür noch ihre Boote herleihen sollten, da schüttelten sie bedächtig die Köpfe. Eine Sage sei eben eine Sage. Da gäbe es nichts zu suchen und nichts zu finden. Seit sie zurückdenken konnten, hatten sie stets einen weiten Bogen um die steinige flache Bank dort draußen gemacht. Dort sei es nämlich nicht geheuer, so sagten sie. Jedes Schiff, das sich dem verwunschenen Orte nähere, werde unweigerlich in die Fluten hinabgezogen. Sie rieten, Gott nicht zu versuchen und von der Sache abzustehen.

Die Gehilfen des Magisters machten furchtsame Gesichter, und auch ihm kamen allerlei Bedenken. Andererseits hatten die Vorbehalte dieser einfachen Menschen seinem Wissensdrang neue Nahrung gegeben. Dort draußen gab es also eine flache Bank. Konnte dieses Riff nicht ein Überrest der

Vineta-Insel sein, von der die Karten Zeugnis gaben? Mochte geschehen, was immer wollte, er mußte das Geheimnis ergründen!

Da Kantzow sah, daß die Fischer nicht geneigt waren, ihm zu helfen, nahm er den Befehl des Herzogs aus seinem Schnappsack und las laut, daß ein jeder hören konnte, was da geschrieben stand. Als die Leute von Damerow vernahmen, daß ein jeglicher mit dem Kerker bedroht sei, der dem Magister in dieser staatswichtigen Sache nicht nach Kräften diene, wurden sie kleinmütig. Jetzt waren sie bereit, zwei ihrer Boote herzugeben. Schließlich versprachen sie, auch einen Lotsen auszuwählen, der die Meeresgegend hinlänglich kannte.

Nun brauchte es noch gutes Wetter, denn die Fischer erzählten, daß es auf dem Riff gefährliche Steine gäbe, von denen einige bisweilen aus dem Wasser hervorschauten.

Eines Morgens strahlte die Sonne, ein leichter Landwind strich über die Dünen. Das war der rechte Tag für den Magister. Er rief seine Leute zusammen, die Boote lagen gerüstet am Strand, das lang erwartete Abenteuer konnte beginnen.

Zunächst wurde das Wasser tiefer. Man konnte den Grund trotz des klaren Wetters nur ahnen. Weiter draußen stieg der Meeresboden wieder langsam an. Kantzow hatte seinen Guckkasten außenbords gebracht. Er war aus einer offenen Tonne gefertigt, unten mit einem Glasboden versehen. Sonnenkringel huschten über den gelben Sand des Grundes, zwischen vereinzelten Tangbüscheln trieben Fische ihr mutwilliges Spiel. Bald zeigte sich das Wasser nur noch wenige Ellen tief. Tatsächlich war der Boden des Riffes von vielen großen und kleinen Steinen bedeckt. Wie Kantzow es gewünscht hatte, befanden sie sich am Ostausläufer des Riffs. Hier ließ der Magister eine Boje aussetzen, die mit einer gelben Fahne versehen war.

Langsam anrudernd, hielt man sich nun westwärts. Zur flachen Mitte hin lagen die Steine noch dichter. Dem Magister schienen sie in so wohlgeordneten Reihen zu liegen, »daß man stutzig werden konnte, wie solcherlei Dinge nur einige Ellen tief im Meer liegen konnten«. Kantzow zeichnete treulich auf, was er sah. Als sie gar einige Steine erreichten, die den Wasserspiegel überragten, war er überzeugt, hier die Überreste der Kirche oder des Rathauses von Vineta gefunden zu haben.

Weiter westwärts neigte sich das Riff, der Boden senkte sich wieder in die Tiefen des Meeres hinab. Die gelbe Bojenfahne stand weit entfernt und wiegte sich in der leichten Dünung. Der Magister meinte, daß die Stadt einst größer gewesen sein mußte als Lübeck.

Erfüllt von der rätselhaften Geschichte der versunkenen Stätte, ließ Kantzow die Boote zurückrudern. Am Strand hatte sich das Volk von Damerow versammelt und vernahm in ehrfürchtigem Schweigen, was man dort draußen gesehen hatte.

Nach Wolgast zurückgekehrt, schrieb der Magister nieder, was er erfahren hatte, um es späteren Generationen zu überliefern:

»Wann ein von Wolgast über die Peene in das Land Usedom ziehen will und gegen ein Dorf Damerow khumpt, welches bei zwei Meilen von Wolgast ist, so siehet man noch ungefährlich ein groß viertelwegs in der Sehe große Steine und Fundament ... Darunter seint so große Steine an drei oder vier Orten, daß sie wohl ellenhoch über Wasser scheinen, als daß man achtet, es werden ihre Kirchen oder Rathäuser gestanden sein ... Auch sei zu sehen, wie die Gassen fein in der Ordnung und quer in der Stat seint gegangen.«

Herr von Keffenbrink und die Glocken von Vineta

Der Herr Landschaftspräsident von Keffenbrink war nicht wenig erstaunt über den Inhalt einer Order, die ihm eines Tages auf das Schreibpult geflattert war. Da stand zu lesen, daß jenes Schiffsunglück, welches sich vor nunmehr bereits zwei Jahren am Vinetariff ereignete, zum Anlaß für eine Untersuchung zu nehmen sei, ob an der fraglichen Stelle im Meer möglicherweise die verschollene Stadt Vineta gelegen habe. Die Order enthielt die Anweisung, daß der Herr Landschaftspräsident den Kasus mit aller Gründlichkeit zu klären und baldmöglichst Bericht zu erstatten habe.

Der Beamte erinnerte sich, daß in der Meeresgegend vor dem Orte Damerow mehrfach Schiffe gestrandet waren. Jenes letzte Unglück — es mußte im Sommer 1771 gewesen sein — war noch lange in aller Munde gewesen. Zwei holländische Segelschiffe waren während eines für diese Sommerzeit ungewöhnlich heftigen Sturmes in Seenot geraten. Der Sturm hatte die Segel zerfetzt und mit der stürzenden Takelage auch die Masten zerbrochen. Manövrierunfähig wurden die Schiffe gegen ein Riff getrieben und zerschellten. Einige Matrosen hatten die Fischer von Damerow noch an Land ziehen können, die anderen blieben für immer draußen.

Der Auftrag war für den Landschaftspräsidenten ungewöhnlich. Hatte er's doch bisher mit der Verwaltung von Städten und Dörfern zu tun, die man mit der Kutsche jederzeit erreichen konnte, wenn dies notwendig war. Nun sollte er in eine Welt vorstoßen, von der man kaum mehr wußte als die sagenhafte Überlieferung.

Gleichviel — er würde sich dieser neuen Aufgabe mit der Gründlichkeit zuwenden, die man von einem preußischen Beamten erwartete. Sein königlicher Auftraggeber sollte nicht enttäuscht sein. Im Geiste sah er sich schon in Sanssouci dem großen König gegenüber, der ihn huldvoll mit einem Orden dekorierte.

Die Universität Greifswald besaß eine umfangreiche Bücher- und Dokumentensammlung zur Geschichte Vorpommerns. Dorthin wollte sich Keffenbrink zunächst wenden. Greifswald gehörte damals noch zu Schwedisch-Vorpommern. Man brauchte für die Reise dorthin eine Erlaubnis des schwedischen Gesandten in Berlin, die Keffenbrink für diesen Zweck ohne weiteres erhielt.

In der Ostseestadt angekommen, fand der Landschaftspräsident die wohlmögende Unterstützung der Herren Universitätsprofessoren. Von den verstaubten Aktenböden brachten die Kanzlisten so manches ans Tageslicht, was beinahe vergessen war. So auch die Pommernchronik des Magisters Kantzow mit dem ausführlichen Bericht über dessen Vineta-Expedition. Keffenbrink war zunächst wenig geneigt, diesen schwer leserlichen, in plattdeutsch niedergelegten Bekundungen großen Wert beizumessen.

Dann kam ihm das Originalmanuskript eines gewissen Lubbechius in die Hände. Lubbechius war einstmals Bürgermeister zu Treptow in Mecklenburg. Man versicherte Keffenbrink, daß auch dies ein zu seiner Zeit hoch geachteter und glaubwürdiger Mann war.

Aus dem Dokument ergab sich, daß der Bürgermeister anno 1560, also etwa zwanzig Jahre nach Kantzow, die fragliche Stelle im Meer ebenfalls untersucht hatte. Der Mann bekundete, daß er nicht weit unter dem Meeresspiegel Fundamente und Grundsteine von Ruinen gesehen habe. Dazwischen hätten sich mit Kieseln (Kopfsteinen) gepflasterte Straßen erstreckt. Auch habe er die versunkene Trümmerstätte vermessen und sie, von Ost nach West sich dehnend, eine Meile lang sowie eine dreiviertel Meile breit befunden.

Keffenbrink zweifelte nun nicht mehr, daß etwas Wahres an der Vineta-Geschichte sein müßte. Doch schienen ihm die Auslassungen der beiden längst Verblichenen zu verschwommen, zu allgemein. Immerhin war der Landschaftspräsident um einige Tatsachen bereichert. Er — von Keffenbrink, treuer Diener seines Königs — wollte mit aller gebotenen Gründlichkeit zu Werke gehen. Er würde handfeste Beweise erbringen und den Schleier des Geheimnisses um Vineta endgültig zerreißen.

Das war der feste Vorsatz des adligen Beamten, der, bisher von trockener Kanzleiluft umgeben, sich plötzlich in die Rolle eines Forschers versetzt sah, ohne die nötigen Kenntnisse dafür zu besitzen. Doch das wurde ihm nicht bewußt.

Der Landweg nach Usedom war lang und unbequem. Außerdem hätte diese Route einen Grenzübergang zwischen Schwedisch- und Preußisch-Vorpommern nötig gemacht. Keffenbrink charterte eine Schaluppe und segelte mit seiner Begleitung über den Greifswalder Bodden auf kürzestem Wege zur Insel Usedom. Sie war nebst Wolgast und der Insel Wollin seit etwa einem halben Jahrhundert in preußischem Besitz.

Das Wesen der Fischer von Damerow hatte sich seit den Tagen, da der Magister Kantzow hierhergekommen war, kaum verändert. Noch immer waren sie den wenigen Fremden gegenüber wortkarg und verschlossen. Als Keffenbrink sie nach dem Schiffsunglück befragte, erhielt er zunächst nur zögernd Auskunft, denn die Fischer fürchteten, daß der Beamte nach dem Strandgut forschen wolle, das damals gegen die Küste geschwemmt wurde.

Bald bemerkten sie, daß er nichts dergleichen im Sinne hatte. Keffenbrink erfuhr nun, daß die holländischen Segler an einigen hochaufragenden Steinen zerschellt seien. Die Wracks jener Schiffe lägen noch heute auf dem Riff. Man dürfe die Gegend nur bei ruhigem Wetter ansteuern. Bisweilen käme es vor, daß sie bei Niedrigwasser ihre Netze zum Trocknen an den Steinen aufhingen. Sonst aber wollten sie mit der Sache nichts zu schaffen haben.

Da das Boot von alten Fahrensmännern geführt wurde, konnte auf die Mithilfe der Einheimischen verzichtet werden. Keffenbrink brannte vor Neugier. Er ließ die Schaluppe sogleich in die angegebene Richtung segeln.

Bei seinen Untersuchungen hielt er sich nicht nur an das Vinetariff, sondern fuhr nach Nordwesten bis zur Insel Oie hinaus.

In dem Bericht an seine vorgesetzte Behörde äußerte Keffenbrink immerhin den bemerkenswerten Gedanken, daß die versunkene Stadt auf einer Usedom vorgelagerten Insel gelegen haben könne. Es hätte den Anschein, so meinte der Beamte, daß sich diese Insel von der Greifswalder Oie, die Peenemündung berührend, bis zur Dievenow nach Osten erstreckt habe. Dieser versunkene Landstrich wäre um 1300 von einer Sturmflut überspült und ins Meer gerissen worden. Auf dem Riff gäbe es Säulen aus Marmor oder Alabaster, die im Dreieck zehn rheinische Ruten voneinander entfernt stünden. Hier seien die Wracks der holländischen Schiffe noch zu sehen.

Im weiteren scheint unserem Landschaftspräsidenten die Phantasie einen argen Streich gespielt zu haben, oder wollte er seine Vorgänger auf der Suche nach Vineta endgültig ausspielen? Keffenbrink verlegte ganze Schiffs- und Artilleriearsenale auf den Meeresgrund. Auch will er die Überreste der Kirche von Vineta gesehen haben, deren dumpfe Glockentöne bisweilen schauerlich von unten heraufklängen.

Der Landschaftspräsident hatte ein zünftiges Seemannsgarn gesponnen. Die Erwähnung von Artilleriearsenalen in einer Stadt, die nach seiner eigenen Einsicht um 1300 vom Meer überflutet wurde, mutet wie ein schlechter Witz an. Danach hätte es bereits vor der Erfindung des Schießpulvers Kanonen gegeben.

Ähnlich ist es mit der Kirche. Wir wissen, daß die rührige Handelsstadt Vineta vornehmlich von Wenden bewohnt war. Die Wenden waren damals keine Christen. Sie verehrten noch ihre alten Stammesgötter. Höchstwahrscheinlich war der Hauptgottheit auch in Vineta ein Tempel errichtet worden.

Wie Ausgrabungen solcher Slawentempel erwiesen haben, waren die zumeist aus Holz errichteten Gebäude antiken Tempeln sehr viel ähnlicher als christlichen Kirchen. Die Tempel bestanden aus vier das Dach tragenden Eckbalken. Die Mitte wurde von einem umkleideten Raum ausgefüllt, in dessen Zentrum die ebenfalls aus Holz geschnitzte Hauptgottheit stand.

Ist die Kirche von Vineta nichts als ein Phantasiegebilde, so hat es dort auch niemals Glocken gegeben. Trotzdem hat die Volkserzählung dieses neue Motiv in die Vinetasage eingehen lassen.

ALTES STEINRELIEF DES SWANTEVIT
RÜGEN

Einige Jahrzehnte nach der Keffenbrinkschen Exkursion erhielt diese Version neuen Auftrieb. Im Zuge des Ausbaus des Swinemünder Hafens wurde der Swinefluß tiefer gelegt. Dabei stieß man im Jahre 1805 auf zwei tief im Schlamm versunkene Glocken. Hatte man die verlorenen Glocken von Vineta wiedergefunden? Wer wagte daran zu zweifeln? Sollte Keffenbrink also doch recht gehabt haben?

Da meldeten die Koserower ihren Anspruch an. In ihren Kirchenbüchern stand geschrieben, daß anno 1629, während des Dreißigjährigen Krieges, die Kirchenglocken von kroatischen Söldnern geraubt worden waren. Die Vermessung ergab, daß die Glocken in die Kirchenstühle hineinpaßten. Die Koserower erhielten ihre Glocken, die 176 Jahre zuvor beim Abtransport in der Swine versunken waren, jedoch nicht zurück, sie wurden dem Stettiner Altertumsmuseum übergeben.

Sicher haben die »Vinetaglocken« die Gemüter der Usedomer sehr bewegt. Während die vorstehende Geschichte historisch belegt ist, die nun folgende nur eine Sage, die Alfred Haas aufgezeichnet hat:

»Im Kirchturm zu Crummin auf Usedom hängen zwei Glocken, die heißen Anna und Susanna. Die beiden Glocken sollen von der untergegangenen Stadt Vineta herstammen. Man erzählt, eines Tages seien die Glocken von den Wellen der Ostsee an den Strand der Insel gespült worden, da hätten zwei kleine Mädchen, mit Namen Anna und Susanna, ihre Puppenwäsche am Strande gespült und dann zum Trocknen auf die Glocken gelegt. Dadurch seien die Glocken festgebannt worden, und später seien sie in die Crumminer Kirche gebracht worden, wo sie noch jetzt hängen.«

Von dem um die Wende vom 18. zum 19. Jahrhundert lebenden Wilhelm Müller stammt dieses von Johannes Brahms vertonte Vinetagedicht:

Aus des Meeres tiefem, tiefem Grunde
Klingen Abendglocken dumpf und matt,
Uns zu geben wunderbare Kunde
Von der schönen alten Wunderstadt.

In der Fluten Schoß hinabgesunken,
Blieben unten ihre Trümmer stehen
Ihre Zinnen lassen goldne Funken
Widerscheinend auf dem Spiegel sehen.

Und der Schiffer, der den Zauberschimmer
Einmal sah im hellen Abendrot,
Nach derselben Stelle schifft er immer,
Ob auch ringsumher die Klippe droht.

Botschaften aus vergangenen Tagen

An einem Vorfrühlingstag des Jahres 1905 ging der Förster Schönherr aus Peenemünde mit seiner Waldarbeiterkolonne zur Nordwestspitze der Insel hinaus, um dort mit Aufforstungsarbeiten zu beginnen. Ziel war das Jagen neunundsiebzig, das nach Westen hin die äußerste Begrenzung des Waldes bildet und in eine sumpfige Wiese übergeht.

Dieser weit vorgeschobene Landposten war den verheerenden Herbst- und Winterstürmen unmittelbar ausgesetzt, und der Förster ließ hier besondere Sorgfalt walten. Im vergangenen Winter hatte der Sturm die mageren Windflüchter wieder arg zerzaust. So wurde zunächst das Bruchholz am Wiesenrand zusammengetragen und ein mächtiges Feuer entzündet.

Der Förster steckte die Reihen ab, eine Gruppe der Waldarbeiter hob die Pflanzlöcher aus, eine andere setzte die bereits recht kräftigen Stecklinge ein. So machte die Arbeit an jenem Morgen schnelle Fortschritte.

Plötzlich setzte einer der Männer den Spaten ab und rief seine Kollegen herbei. Er wandte keinen Blick von dem soeben ausgehobenen Loch.

In der spatentiefen Pflanzgrube lag etwas Blinkendes. Aus zwei Rundstäben zusammengedreht, sah der Fund wie ein Armband aus, wenn es auch durch den Spatenstich zerschnitten war. Vorsichtig mit den Händen grabend, erweiterte der Förster die Aushebung, und es fanden sich sieben weitere Armreifen, einige aus Stäben zusammengedreht, andere wieder von rundem Querschnitt.

Die altertümliche Machart dieser Stücke ließ den Förster vermuten, daß der Fund bereits sehr lange in der Erde gelegen haben müsse. Trotzdem wies das Metall — es war pures Gold — keine Spur von Verwitterung auf. Es war so blank, als sei es soeben erst aus der Werkstatt eines Goldschmiedes gekommen.

Der Fundort war ungewöhnlich. Seit Menschengedenken herrschten hier, nahe dem Meere, nur Wind und Wellen.

WIKINGISCHER GOLDSCHMUCK:
GEFUNDEN 1905 / PEENEMÜNDER HAKEN

Die Waldarbeiter drehten die Schmuckstücke bedächtig in ihren schwieligen Händen. Ihnen erschien der Fund seltsam und geheimnisvoll. Schließlich sprach einer aus, was alle dachten: »Wenn das man nicht von Vineta stammt!«

Förster Schönherr übergab den Goldschmuck seiner übergeordneten Dienststelle, die ihn an das Altertumsmuseum in Stettin weiterleitete.

Der Fund erregte in der Fachwelt erhebliches Aufsehen. Ein kritischer Vergleich ergab, daß die Armreifen tatsächlich aus der Wikingerzeit stammten. Es bestand durchaus die Möglichkeit, daß der Goldschatz mit dem Schicksal Vinetas verknüpft war. Eine erste — oder auch letzte Botschaft aus der versunkenen Stadt.

Es ist nicht sicher, ober die landschaftlichen und geologischen Gegebenheiten am Fundort seinerzeit gründlich untersucht worden sind. Zwei Jahrzehnte später kam der berühmte Archäologe Carl Schuchardt auf einer Studienreise nach Usedom. Sein Interesse galt insbesondere dem Vinetaproblem, mit dem er sich theoretisch schon eingehend beschäftigt hatte.

Schuchardt suchte auch die Försterei von Peenemünde auf, um die Örtlichkeit des Schmuckfundes zu durchforschen. Förster Schönherr, noch immer im Amt, begleitete den Gelehrten an die Fundstelle am Peenemünder Haken.

Nach Angabe des Försters lag der Schmuck etwa einen halben Meter tief im Erdboden. Schuchardt ermittelte, daß die Armreifen unterhalb der weißen Düne, im oberen Bereich der gelben Düne gelegen hatten.

Die »Weißdünen« auf Usedom sind nach geologischen Erkenntnissen erst seit Beginn des 17. Jahrhunderts entstanden, die »Gelbdünen« bildeten sich jedoch bereits um das Jahr 200 u. Z. bis zum 16. Jahrhundert. Dieser Befund bestätigte die Vermutung, daß der Goldschatz um die Zeit der Existenz Vinetas in den Boden gelangt sein konnte.

Der Gelehrte wußte aus Erfahrung, daß wertvolle Gegenstände stets in unmittelbarer Nähe einer Siedlung oder eines Hauses versteckt wurden. So suchte er auch hier nach Hausüberresten. Wohl fand sich ein wenig Holzkohle, für das Vorhandensein einer Hausgrube gab es jedoch keinen Anhaltspunkt. Doch geben wir Schuchard selbst das Wort:

»Trotzdem ist anzunehmen, daß die acht Goldringe den Schatz eines Hauses darstellen, das an jenem Platz gestanden hat ... Wie wäre es nun mit einem vornehmen Hause im Weichbilde einer wikingischen Seestadt,

also der Villa eines der Honoratioren von Vineta? Daß solch ein Gedanke kein übermütiger Schaum ist, sollte sich bald zeigen, denn nun kam das Überraschendste unserer Reise ... Als wir aus dem Walde heraustraten und nach Norden auf die beiden vorgelagerten Dünenarme blickten, wirkten die dazwischen eingebetteten sumpfigen Wiesen, noch halb mit Wasser gefüllt, wie zwei riesige verschlammte antike Häfen ... Man brauchte von jenem Wiesengelände nur einen Meter Boden wegzustechen, und die 300 Vinetaschiffe könnten noch heute einfahren! Hier ist also endlich das, was man an der ganzen langen Seeküste von Wollin und Usedom vermißt: die Einladung der Natur an den Menschen, sich mit wenig Mitteln einen großen geschützten Hafen ... zu schaffen.«
Bei dieser letzten Vorstellung ging der Gelehrte davon aus, daß Vineta einst vor der heutigen Küstenlinie gelegen habe. Er wollte betonen, daß die am Peenemünder Haken vorherrschenden natürlichen Gegebenheiten gute Voraussetzungen für die Bildung einer Hafenbucht darstellen.

Wir erinnern uns, daß der Anlaß für die Usedomreise des Herrn von Keffenbrink ein Schiffsunglück war. Mit dem anwachsenden Schiffsverkehr auf der Ostsee kam es gelegentlich vor, daß Schiffe auf dem Vinetariff strandeten, und jedesmal waren Menschenleben zu beklagen. So bildete sich die Mär, daß die versunkene Stadt die ihren Bannkreis kreuzenden Schiffe ins Verderben führe. Das klingt auch in der letzten Strophe des Gedichtes von Wilhelm Müller an.

Eines der letzten großen Schiffsunglücke ereignete sich hier im Sommer des Jahres 1891, als der Passagierdampfer »Cuxhaven« bei ungünstiger Witterung auf dem Vinetariff strandete.

Auf de Schiff entstand eine Panik. Drei Besatzungsmitglieder sprangen über Bord, bevor noch die Rettungsboote zu Wasser gelassen waren. Zwei der Verunglückten konnten tot geborgen werden, die Leiche des dritten, eines Schiffsmaates, wurde nicht gefunden.

Die Strandung der »Cuxhaven« erregte in der Öffentlichkeit großes Aufsehen; nicht zuletzt auch deshalb, weil es nicht an Stimmen fehlte, die das Unglück wiederum mit der Vineta-Sage in Verbindung brachten.

Bisweilen geschieht es, daß Überreste vergangener Kulturen durch emsiges Forschen oder auch durch Zufall wieder ans Tageslicht kommen. Es sind Botschaften aus fernen Tagen, sie geben uns Hinweise und werfen neue Fragen auf.

Ähnlich ist es mit der folgenden Begebenheit, die an den Ausgangspunkt unserer Geschichte zurückführt, an den Strand von Damerow.

Der Winter 1963/1964 war außerordentlich streng. Die Küstengebiete der Ostsee trugen eine dicke Eisdecke. Die Stürme des Spätwinters zerbrachen das Eis und türmten mächtige, glitzernde Barrieren am Strand auf. Als die Frühlingssonne die kalte Pracht schmelzen ließ, kamen am Strand von Damerow die Konturen eines merkwürdigen Gebildes zum Vorschein, das sich alsbald als ein großes Schiffswrack entpuppte.

Die Fischer von Koserow kannten dieses Wrack. Es hatte, solange sie zurückdenken konnten, draußen auf dem Vinetariff gelegen. Nun ruhte es wie ein vorsintflutliches Ungeheuer am Strand. Der mächtige, einst wohl an die zwanzig Meter lange Kielbalken trug noch einige der hoch aufragenden Eichenspanten, die dem Schiff eine Breite von etwa acht Metern verliehen haben müssen. Am Schiffsboden waren noch die Planken erhalten; mit starken Holzdübeln an den Spanten befestigt, hatten sie der zerstörerischen Wucht der Grundseen standgehalten.

Wie gesagt, die Fischer kannten das Wrack. Wenn sie bei ruhiger See ihren Kurs über das Riff hinweg nehmen konnten, hatten sie seine Konturen heraufdämmern sehen. Bei solchen Gelegenheiten kam es bisweilen, daß einer zu spinnen anfing: über das Schicksal des Schiffes und wie es der Mannschaft ergangen sein mochte. Doch das waren alles Spökenkiekereien, darauf konnte man nicht viel geben. Nun aber, da sie die Überreste des Bootes mit ihrem Schiffsverstand gründlich begutachtet hatten, wußten sie einiges mehr, und sie waren sich einig, daß es wohl an die zweihundert Jahre auf dem Buckel haben müsse.

Einer der Fischer, der ein Grübler war, gewohnt, den Dingen auf den Grund zu gehen, kam auf den Gedanken, in der alten Koserower Kirchenchronik nachzublättern. Da war von Geburt und Tod die Rede, aber auch von solchen denkwürdigen Ereignissen wie der Strandung von Schiffen. Neben anderen fand der Fischer dort auch eine Eintragung, die zu unserem Wrack wohl passen mochte. Da stand geschrieben, daß im Jahre des Herrn 1771, den vierzehnten August, zwei holländische Segelschiffe an den hochragenden Steinen des Vinetariffs gestrandet seien.

Von diesem Schiffsunglück war bereits die Rede. Sollte das Wrack tatsächlich ein Überrest der holländischen Boote sein, die seinerzeit auf dem Riff zugrunde gingen?

Eine Expertenkommission untersuchte die Wrackteile am Strande von Damerow. Die Konstruktionsanlage, die Fügung der Spanten und Planken ließen zweifelsfrei erkennen, daß das Wrack aus dem 18. Jahrhundert stammte. Entsprechend der Auswitterung der Holzteile mußte der Schiffstorso seit etwa zweihundert Jahren im Wasser gelegen haben. Das war eine Bestätigung des vermuteten Alters des Schiffes. Mit dem Schicksal der verschwundenen Stadt Vineta hatte dieses Ereignis also unmittelbar nichts zu tun.

Bleibt noch die Frage offen, auf welche Weise das Wrack ausgerechnet in jenem Winter an den Strand geraten war. Es wird mit Sicherheit angenommen, daß die ungewöhnlich tiefreichende Eisdecke dieses Winters die hochragenden Spanten umklammert hielt. Mit dem Eisaufbruch wurde das Wrack mitsamt den Schollen gegen den Strand gepreßt.

Im Herbst 1964 wurde der Schiffstorso mit Hilfe kräftiger Winden über die Düne gehievt und wird als ein Zeitdokument auf einem nahe gelegenen Grundstück verwahrt.

Vineta–Traum oder Wirklichkeit?

Daß Jumne und die Jomsburg einst tatsächlich existiert haben, ist für die Wissenschaft eine unwiderlegbare Tatsache. Ein Problem ist jedoch bis heute strittig geblieben. Obwohl sich, vornehmlich in der ersten Hälfte unseres Jahrhunderts, Forscher verschiedener Wissenszweige mit der Vinetafrage beschäftigen, gelangten sie zu keiner einhelligen Meinung über die genaue geographische Lage der alten Handelsstadt.

Die Ursachen für diesen Streit reichen bis ins Mittelalter zurück. Nachdem Jumne um das Jahr 1100 endgültig zerstört war, setzten bereits die ersten Unklarheiten ein. Der um 1150 geborene dänische Historiker Saxo Grammaticus erwähnte in seiner »Dänengeschichte« das Schicksal der Stadt. Es besteht jedoch die begründete Vermutung, daß bei der handschriftlichen Vervielfältigung seiner Aufzeichnungen anstatt Jumne stets Julin gesetzt wurde. Julin ist aber die alte Bezeichnung für die Stadt Wolin, auf der gleichnamigen polnischen Insel jenseits der Swinemündung gelegen. Bei der im 16. Jahrhundert erfolgten Drucklegung der Schriften Saxos wurde das offenbar übernommen, und so bildete sich die Meinung, daß Julin-Wolin mit Jumne identisch sei. Die Jomsburg sollte danach auf dem Wolin benachbarten Silberberg gestanden haben. Leider sind Saxos Dokumente nur noch unvollständig vorhanden, so daß der Übersetzungsfehler nur mittelbar nachgewiesen werden kann.

Sehen wir davon ab, daß Wolin niemals zerstört wurde und noch heute ein blühendes Gemeinwesen ist, so erheben sich gegen diese Deutung ernsthafte historische und verkehrsgeographische Bedenken. Die Stadt Wolin ist von der Mündung der Dievenow, der heutigen Dziwna, etwa zwanzig Kilometer landeinwärts gelegen. Zudem ist historisch bezeugt, daß die Dievenow in jener fraglichen Zeit von vorgelagerten Sandbänken derart blockiert war, daß die Ein- und Ausfahrt nur von kleinen Fischerbooten passiert werden konnte. Es ist kaum vorstellbar, daß sich unter solchen Verhältnissen ein nennenswerter Verkehr mit schwer beladenen Handelsschiffen entwickeln konnte, wie das für den Seeverkehr Jumnes lebensnotwendig war.

Die Überlieferungen lassen erkennen, daß die Jomsburg direkt am Meer gelegen haben muß. Die den Jomswikingern ursprünglich zugedachte Aufgabe ließ sich auch nur aus einer meerbeherrschenden Position erfüllen. Es ist daher kaum anzunehmen, daß die Burg drei Ruderstunden landeinwärts gelegen haben könne. Im ersten Drittel unseres Jahrhunderts wurden auf dem Silberberg Ausgrabungen vorgenommen. Sie erbrachten keinen Anhaltspunkt für eine wikingische Siedlung in diesem Raum. Es gibt eine Reihe anderer Gründe, die gegen die Identität Wolin-Jumne sprechen. Doch mögen die zuvor erwähnten hier genügen.

Eine Beziehung zwischen den Wolinern und den ehemaligen Bewohnern Jumnes scheint jedoch bestanden zu haben. Otto von Bamberg kam anno 1124 als Missionar nach Wolin und taufte dort über zweiundzwanzigtausend Menschen. In seinem Bericht findet Jumne erklärlicherweise keine Erwähnung mehr. Die Frage jedoch, wie der bis dahin unbedeutende Marktflecken Wolin plötzlich so volkreich sein konnte, beschäftigte die Historiker immer wieder. Man kam schließlich zu dem Ergebnis, daß sich unter den Getauften eine erhebliche Anzahl ehemaliger Bewohner Jumnes befunden haben müssen, die nach der Zerstörung ihres Gemeinwesens Wolin als neue Heimat gewählt hatten.

Wenden wir uns nun der Frage zu, in welchem geographischen Bereich der Insel Usedom die verschollene Stadt gesucht werden könnte.

Magister Kantzow und der Bürgermeister von Treptow, Lubbechius, waren überzeugt, die Überreste der Stadt auf dem flachen Vineta-Riff vor Koserow-Damerow gefunden zu haben. So verdienstvoll diese frühen Unternehmungen zur Aufklärung des Vinetarätsels auch waren, so ist heute doch ziemlich sicher, daß diese mittelalterlichen Forscher einer großen Faszination unterlegen waren. Offensichtlich verführte sie die große Anhäufung von Steinen auf dem Riff, mehr zu sehen, als tatsächlich vorhanden war. Sie wollten Regelmäßigkeiten, Hausfundamente und Straßenzüge entdeckt haben, wo nach späteren Erkenntnissen Regellosigkeit vorherrschend war. Die von ihren Unternehmungen ausgehende Kunde veranlaßte jedoch selbst die großen Kartographen jener Zeit, Sebastian Münster und Gerhard Mercator, das vor der Küste Damerows Wiedergefundene auf ihren Karten als »Vineta« zu verzeichnen.

Die Bekundungen von Kantzow und Lubbechius haben die moderne Wissenschaft immer wieder beschäftigt; insbesondere die Frage nach der Herkunft der Steine auf dem Vinetariff. So wurde die Vermutung geäußert, daß die Steinhäufungen aus der Grundmoräne stammten, also auf natürliche Weise entstanden seien.

Sehr eingehend beschäftigte sich der deutsche Geologe Professor Deecke mit diesem Problem. Im Jahre 1906 veröffentlichte er die Ergebnisse seiner Arbeit und er kam zu dem Schluß, daß es sich bei den großen Steinen um Deckplatten von Dolmengräbern handeln müsse.

Die von Kantzow und anderen gelehrten Besuchern des Riffs bezeugten rechteckigen Steinanordnungen seien, so meinte Deecke, keine Hausfundamente, vielmehr handele es sich um die Steineinfriedungen der Dolmengräber.

Zur Unterstützung seiner Theorie erinnerte Deecke an die Ost-West-Lage des »Gräberfeldes« auf dem Vinetariff, die für alle derartigen Grabanlagen typisch sei.

Im Verlaufe des 19. Jahrhunderts sind die großen Granitsteine des Riffs für den Ausbau der Swinemünder Mole abgezangt worden. Dabei fand man große Platten, die, wie dies bei Dolmengräbern üblich ist, noch auf ihren Randsteinen ruhten. Diese Entdeckung machte die Theorie Deeckes durchaus wahrscheinlich.

Die Ansicht des Gelehrten bestätigt aber auch die Meinung, daß das Vinetariff einst ein Teil der Insel Usedom war. Danach hätte auf diesem heute versunkenen Landstrich tatsächlich bereits eine jungsteinzeitliche Siedlung existiert. Ist es nicht möglich, daß diese Siedlung ein Vorläufer Vinetas gewesen sein kann?

Ein wichtiges Körnchen Wahrheit dürften die Kantzow und Lubbechius immerhin gefunden haben. Mit großer Wahrscheinlichkeit ist das Vinetariff ein Ausläufer des bei Koserow gelegenen Streckelberges, der sich einst weit nach Westen vorschob. Ob dieses versunkene Land Usedom einst vorgelagert oder fest mit der Insel verbunden war, ist noch ungewiß. Sicher ist, daß die Insel Usedom umfangreiche Landverluste erlitt und daß die verheerende Sturmflut von anno 1304 einen erheblichen Anteil daran hat.

Fragt man die Fischer von Usedom nach diesen Landverlusten, so erzählen sie von einer steinbedeckten Schurre, die sich, nordwärts ins tiefere Meer abfallend, bis zur Insel Oie hin erstreckt. Die Fischer sind davon überzeugt, daß es sich hierbei nicht um ein Spiel der Natur, sondern um die alte, nun versunkene Strandlinie ihrer Heimatinsel handelt.

Dem Verlauf der Schurre westwärts folgend, gelangt man in jene Meeresgegend vor dem Peenemünder Haken, die nun zuletzt noch für die einstige Lage Vinetas in Betracht gezogen werden soll. Die geographische Situation an der Peenemündung, wie sie vor der Sturmflut von anno 1304 bestanden haben mag, weist eine bestechende Ähnlichkeit mit der in den historischen Dokumenten vermerkten Lage Vinetas auf. Die Peene war in jener Zeit der einzig schiffbare Fluß an der Küste Vorpommerns. Unmittelbar am Meer gelegen, durch Strom und Straßen mit dem Hinterland verbunden, standen dem Überseehandel der Stadt keinerlei hemmende Schranken entgegen. Andererseits bot die landschaftliche Situation der äußersten Nordwestspitze Usedoms viele natürliche Voraussetzungen für die Anlage einer land- und meerbeherrschenden Bastion, wie sie die Jomsburg darstellte. Hier können auch die zunächst so dunklen Worte Adams von Bremen von den drei Gestaden, die Jumne umgeben, einen Sinn erhalten. Wenn wir die grauen Gestade als die Wasser eines Flusses deuten, so könnten mit den »weißlichen« die seichten Gewässer des Greifswalder Boddens gemeint sein, während die »tobenden Fluten bei ständigem Sturme« als die Wellen der Ostsee anzusehen wären.

Einge Kartenzeichner des 16. und 17. Jahrhunderts haben die verschwundene Stadt auf den Vineta-Grund lokalisiert, der überwiegende

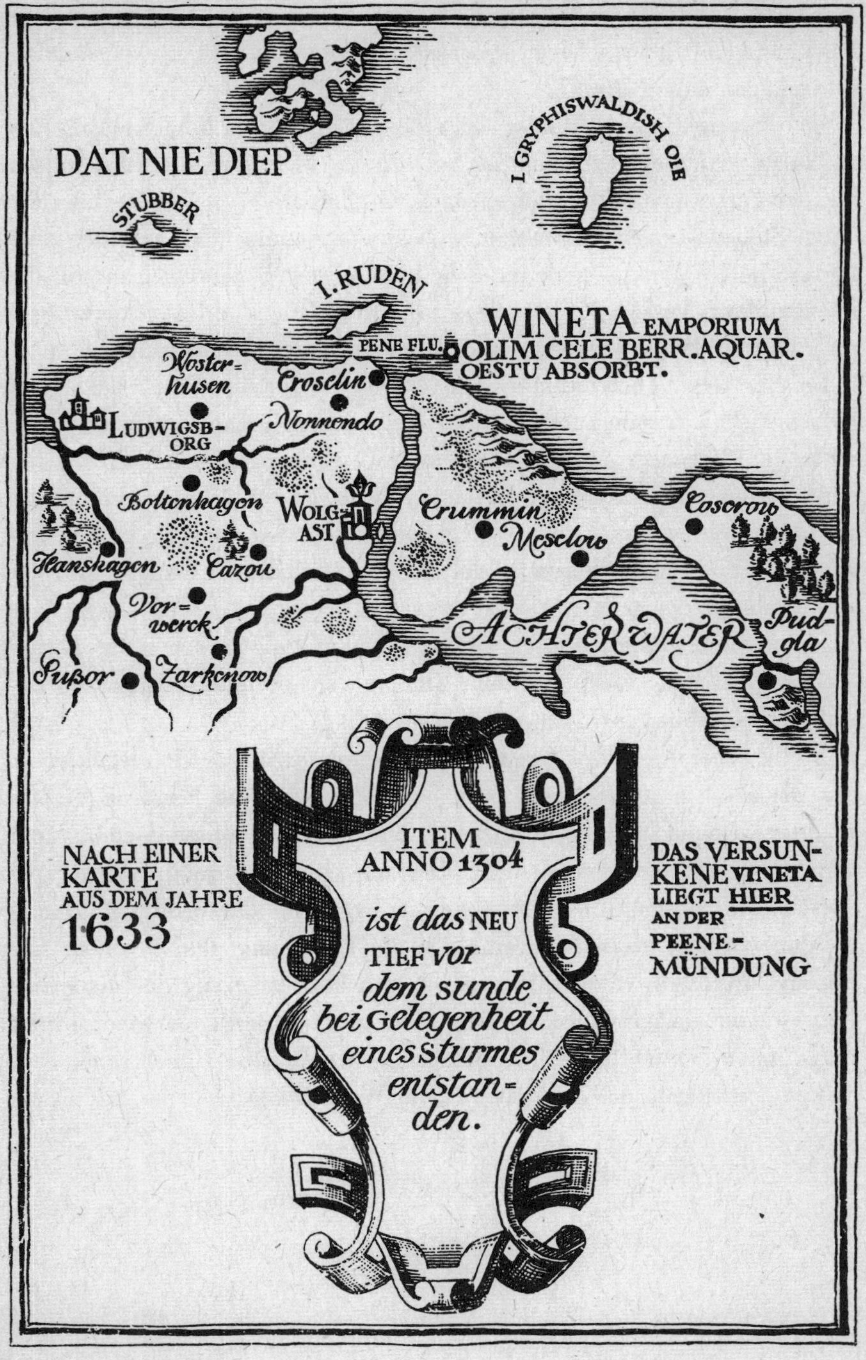

DAT NIE DIEP
STUBBER
I. GRYPHISWALDISH OIE
I. RUDEN
PENE FLU.
WINETA EMPORIUM
OLIM CELE BERR. AQUAR.
OESTU ABSORBT.
Woster=
husen
Croselin
LUDWIGSB-
ORG
Nonnendo
Boltenhagen
WOLG-
AST
Crummin
Meslow
Cosorow
Hanshagen
Carow
Vor=
werck
Pußor
Zarkenow
ACHTERWATER
Pud-
gla
ITEM
ANNO 1304
ist das NEU
TIEF vor
dem sunde
bei Gelegenheit
eines Sturmes
entstan-
den.
NACH EINER
KARTE
AUS DEM JAHRE
1633
DAS VERSUN-
KENE VINETA
LIEGT HIER
AN DER
PEENE-
MÜNDUNG

Teil bedeutender Kartographen jener Zeit — und später auch Mercator — hat Vineta an den Ort verlegt, wo er aller Wahrscheinlichkeit nach am ehesten gelegen haben könnte.

Östlich vom Ruden befindet sich eine Untiefe, die in modernen Karten als Veritasgrund eingezeichnet ist. Diese flache Meeresgegend ist identisch mit der von einigen alten Kartenstechern ebenfalls als »Vineta« bezeichneten Stelle. Noch um 1600 wurde diese flache Bank auch von den Seefahrern noch »Winete« genannt. Eine holländische Segelanweisung für die Peeneeinfahrt besagt: ». . . Man lasse die Insel Rügen auf der Steuerbordseite und die Winete genannte auf backbord und laufe so ein . . .«

Bei der Gegenüberstellung beider Varianten für die Lage Vinetas soll jedoch nicht übersehen werden, daß die geographische Entfernung zwischen dem Veritasgrund und dem Vinetariff gering ist. Wenn wir den vor der heutigen Peenemündung gelegenen Veritasgrund als wahrscheinlichen Standort Vinetas annehmen, so lag die einstige Landschaft, die das Riff vor Koserow und Damerow bildet, im unmittelbaren Einzugsgebiet der verschollenen Seestadt.

So gesehen, widersprechen sich die Bekundungen der alten Kartographen durchaus nicht, vielmehr scheinen sie geeignet, historische Zusammenhänge noch zu verdeutlichen.

Damit scheint sich der Kreis um die sagenumwitterte Handelsstadt an der Ostseeküste geschlossen zu haben. Wenn auch die Existenz Vinetas und der ihr benachbarten Jomsburg vor der Nordwestspitze Usedoms sehr wahrscheinlich sein mag, so ist dies nur eine der möglichen Hypothesen. Endgültige Gewißheit über die Lage und das Schicksal Vinetas werden wir erst erlangen, wenn sich die Forschung dem Problem von neuem zuwendet, wenn es ihr gelingt, mit dem Rüstzeug der modernen Unterwasserarchäologen echte Zeugnisse der verschollenen Stadt Vineta aufzufinden. Soviel läßt sich jedoch heute schon mit Gewißheit sagen:

Vineta ist nicht nur ein Traum, es war Wirklichkeit!

Zeittafel zur Geschichte Jomsburg– Jumnes

935—985	Harald Blauzahn, König von Dänemark
936—973	Otto I., deutscher Kaiser
um 960	Gründung der Jomsburg
965	Harald und Sven werden getauft
973—983	Otto II., deutscher Kaiser
980	Aufstand der Wenden
983—1002	Otto III., deutscher Kasier
985	Harald I. stirbt in Jumne
985—1014	Sven Gabelbart, König von Dänemark
986	Schlacht in der Hjörungabucht
1018—1035	Knut der Große, König von Dänemark (Eroberung von England)
1042—1047	Magnus der Gute, König von Dänemark
1044	Magnus' Feldzug gegen die Jomsburg
1075	Adam von Bremen berichtet über Jumne
1190	Jomsburg-Jumne abermals erobert (Alli u. Herri)
1095—1103	Erik I., König von Dänemark
um 1100	Erik zerstört Jomsburg-Jumne endgültig
1124	Otto von Bamberg tauft in Wolin 22 000 Menschen
1168	Helmold von Bosau erwähnt die Trümmer Jumnes
1304	Rügen und Usedom erleiden Landverluste durch die große Sturmflut

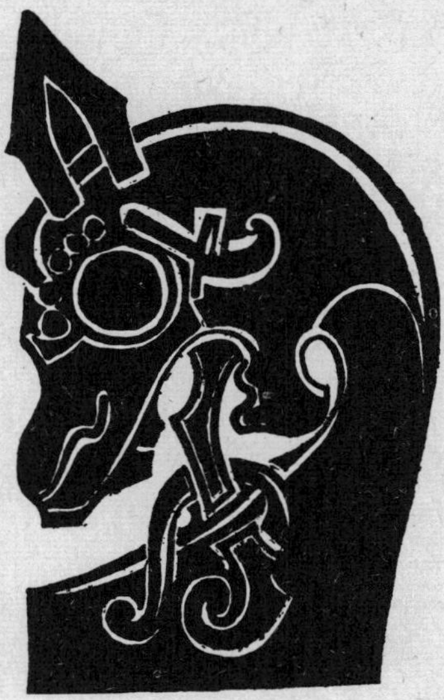

Folgende Literatur wurde benutzt:

Adam von Bremen: Hamburger Kirchengeschichten
Berlin 1888
Burkhardt, Albert (Herausgeber): Vineta
Rostock 1965
Burghardt, Robert: Der Bau und die Entwicklung des Hafens Swinemünde
Swinemünde 1920
Burghardt, Robert: Chronik der Insel Usedom
Swinemünde 1912
Domizlaff, Georg: Die Jomsburg
Leipzig 1929
Donovan, Georg: Das große Buch der Wikinger
Reutlingen 1965
Giesebrecht, Ludwig: Wendische Geschichten
Berlin 1843
Haas, Alfred: Pommersche Sagen
Berlin 1912

Helmold von Bosau: Chronik der Slawen
Leipzig 1888
Hennig, Richard: Wo lag Vineta?
Leipzig 1935
Hennig, Richard: Von rätselhaften Ländern
München 1925
Kantzow, Thomas: Pomerania
Herausgeber: H. G. Kosegarten
Greifswald 1816
Kosminski, E. A. (Herausgeber): Geschichte des Mittelalters
Berlin 1948
Niedner, Felix (Herausgeber): Die Geschichten von den Orkaden,
Dänemark und der Jomsburg
Jena 1928
Niedner, Felix (Herausgeber): Königsgeschichten
Jena 1928
Rackwitz, Erich: Versunkene Welten — Ferne Gestade
Leipzig 1967
Schuchard, Karl: Arkona, Rethra, Vineta
Berlin 1926
Thieme, Karl: Die versunkene Stadt Vineta
Swinemünde 1925
Weltgeschichte, Band 3
Berlin 1963

Inhalt

ISBN 3-358-00285-3

5. Auflage 1987

Lizenz-Nr. 304-270/366/87
Satz und Repro: Offizin Andersen Nexö, Leipzig
Druck und buchbinderische Verarbeitung:
INTERDRUCK Graphischer Großbetrieb Leipzig – III/18/97
LSV 7811
Für Leser von 12 Jahren an
Bestell-Nr. 628 982 3
00400